BBULMEDIA

www.bbulmedia.com

패 왕 의   별

패
왕
의
별

1판 1쇄 찍음 2015년 9월 7일
1판 1쇄 펴냄 2015년 9월 10일

지은이 | 강호풍
펴낸이 | 정 필
펴낸곳 | 도서출판 **뿔미디어**

편집장 | 이재권
기획 · 편집 | 정서진1

출판등록 | 2002년 9월 11일 (제081-1-132호)
주소 | 경기도 부천시 원미구 소향로 17번길(두성프라자) 303호 (우)14544
전화 | 032)651-6513 / 팩스 032)651-6094
E-mail | bbulmedia@hanmail.net
홈페이지 | http://bbulmedia.com

값 8,000원

ISBN 979-11-315-6753-1 04810
ISBN 979-11-315-2568-5 04810 (세트)

패
왕
의
별

2부

12

강
호
풍
신
무
협
장
편
소
설

뿔미디어

목차

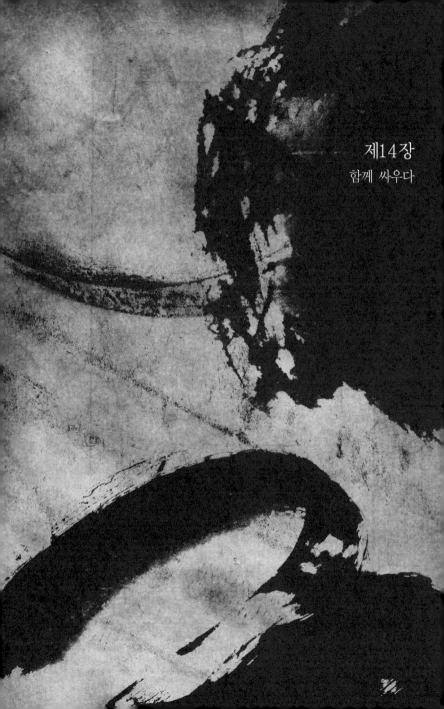

제14장
함께 싸우다

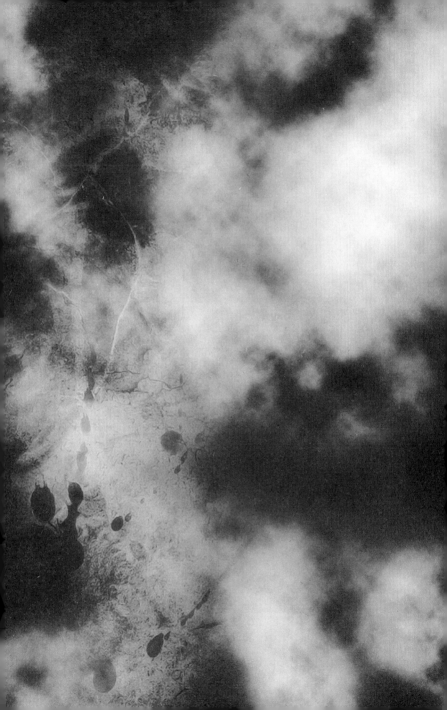

1

　백운회가 항주루에 들어오기 전, 천류영과 영능후는 마주 앉아 대화를 나누는 중이었다.

　"가장 중요한 건, 이 항주루가 일본벌주인 노다케가 주로 머무는 세 곳 중 하나라는 점입니다. 그래서 무시 못할 고수들이 제법 있는 곳이지요. 분타주님께서 반드시 초반에 공략해야 할 장소입니다."

　영능후의 나직한 말에 천류영은 고개를 주억거리며 사위를 살폈다.

　어지간히 크다는 주루를 서너 개는 합친 듯한 넓이. 그 넓은 공간을 무수한 손님들이 가득 채우고 있어 빈자리를 찾기 어려울 지경이었다.

손님의 주문을 받는 종업원들만 이십여 명.

천류영은 쓴웃음을 깨물고 말했다.

"여기만 보면 과연 이곳이 하늘도 버린 땅이 맞는지 의문이 가는군요."

대륙 전체를 뒤져 봐도 이만한 규모의 주루는 찾기 어려울 것이리라.

영능후도 고소를 삼켰다.

"항주의 인구가 백만 명입니다. 그 많은 사람들이 제대로 음주를 즐길 수 있는 곳이 환락로에 집중되어 있다는 것을 고려하시면 됩니다. 또한 제대로 된 술과 신선한 고기, 채소는 환락로에 우선적으로 공급됩니다."

영능후는 앞에 놓인 소채를 몇 개 집어먹고는 계속 말했다.

"환락로의 칠 할은 일본벌이 장악하고 있습니다. 나머지 삼 할도 자릿세나 보호세라는 명목으로 적지 않은 돈을 뜯기고 있지요."

천류영은 고개를 끄덕이며 말을 받았다.

"그럼에도 이곳에 들어오려는 장사치가 많다는 것은, 다른 곳은 시시때때로 왜구들이 약탈을 하기 때문이란 말이죠?"

"맞습니다. 그런데…… 위충, 이 친구가 늦는군요. 구위라는 분도 그렇고."

영능후의 걱정에 천류영이 싱긋 웃었다.

"사실 시간을 제가 애매하게 잡았습니다."

"이경이 아니었습니까?"

"이경부터 삼경입니다. 시간에 맞추려고 무리하게 움직일 필요는 없다고 생각했어요."

영능후의 낯빛이 밝아졌다.

"그렇군요. 잘하셨습니다."

위층은 일본벌이 관리하는 대일전장(大日錢莊)에 잠입했다.

돈을 관리하는 전장의 특성상 일본벌의 수많은 사업장과 계속 교류하는 곳이기 때문이었다.

알려지지 않은 일본벌의 사업장을 알아내기 위한 최적의 곳.

그는 먼저 전장의 왜구 몇 명과 그들이 관리하는 왈패들을 제거했다.

그래서 일손이 모자라게 된 그들에게 일자리를 찾는 낭인이라 속이고 들어간 것이다.

물론 천류영의 지시로 반년이 넘게 왜구의 언어를 익힌 효과가 컸다.

유창하지는 않아도 의사소통에 문제가 없었고, 무술 실력도 괜찮았던 그는 바로 채용되었다.

영능후는 천류영의 말에도 불구하고 초조한 기색을 완전히 지우지는 못했다.

왜냐하면 천류영에게 말하지 않은 비밀이 있기 때문이었다.

얼마 전 위충과 저자에서 스치듯 만났을 때 그와 나눈 대화.

"능후, 비밀 장부를 숨겨 둔 곳을 알아냈어. 그것을 빼내서 나가겠네."

"너무 위험하지 않겠나? 자네는 지금도 살얼음판을 걷고 있다는 것을 잊지 말게."

"마귀소굴에 들어왔는데 그 정도의 성과는 거둬야지 않겠나?"

당시 영능후는 극구 만류하고 싶었다.

하지만 위충과 함께 움직이던 왜구들이 다가오는 바람에 더 이상 대화를 지속할 수가 없었다. 그것이 영 찜찜하고 못내 마음에 걸렸다.

시간이 흐를수록 이것을 천류영에게 말해야 하는지 고민이 깊어 갔다.

그때 천류영이 고개를 옆으로 돌리더니 갑자기 크게 숨을 들이켜는 소리가 들렸다.

그의 눈동자가 흔들리는 모습이 보일 정도였다.

대체 무엇을 보았기에 저런 표정을 짓는 걸까?

담대하기로 따지면 누구에게도 뒤지지 않을 것 같은 사람인데.

영능후는 곧바로 천류영의 시선을 쫓았다.

그곳엔 방립사내가 서 있었다.

흥청망청 술을 마시는 취객들 사이에 꼿꼿하게 서 있는 사내는 위화감을 느끼게 했다. 그런데 신기한 것은 아무도 그를 주목하고 있지 않는다는 점이었다.

저렇게 기묘한 느낌이 뚝뚝 흐르는데도 말이다.

그는 자신들을 바라보고 있었다. 아니, 정확히 말하면 신임 분타주인 천류영을.

영능후가 소리 죽여 물었다.

"아는 사람입니까?"

"……."

천류영은 대답 없이 마치 홀린 듯이 방립사내를 뚫어지게 주시했다.

영능후는 어쩔 수 없이 손을 뻗어 탁자 위에 있는 천류영의 팔을 살짝 흔들었다.

그제야 천류영이 숨을 천천히 내쉬더니 피식 웃었다. 그럼에도 그의 눈은 방립사내에게 못이 박혀 있었다. 영능후가 다시 물었다.

"아는 분입니까?"

질문을 던지면서도 의아하다는 생각이 뇌리를 스쳤다. 방립사내는 챙이 길고 깊어서 얼굴을 보기 힘들었다. 즉, 그의 얼굴을 확인할 수 없었다.

천류영이 침을 한 차례 삼키고 말했다.

"알 것 같습니다."

"……?"

"그 사람입니다."

"그 사람이라면?"

"역시 살아 있었네요."

영능후는 고개를 연신 갸웃거려야 했다.

천류영이 갑자기 이상해졌다. 그 누구보다 논리적인 사람이 앞뒤가 맞지 않는 말을 하고 있었다.

"얼굴을 보지 않으셨습니다."

정확히 말하면 보지 못한 것이다.

천류영의 입가에서 묘한 미소가 일었다.

"저도 처음엔 설마 했습니다. 하지만 저 형님이 계속 나를 뚫어지게 본다는 것은…… 역시 그 사람이라는 뜻이죠."

"형님요?"

역시 이상했다.

대체 저 사람이 누구기에 천류영이 이렇게 충격에 빠졌을까?

그때 방립사내 옆에 있던 점소이가 볼멘소리로 말했다.

"손님, 계속 여기 서 계실 겁니까?"

"……."

"혹시 저분들과 합석하실 건가요?"

백운회는 잠시 고민하다가 고개를 끄덕였다.

"잠깐, 잠깐만 그러기로 하지."

점소이의 이맛살이 찌푸려졌다. 목소리가 대번에 심드렁해졌다.

"또 잠깐이라고 하시네. 그럼 손님 자리는 따로 하나 준비합니까? 어떻게 하실 건지 말씀해 주셔야지요. 저도 바쁜 몸입니다."

백운회는 품속에서 옥패를 꺼냈다. 그러자 짜증을 내던 점소이의 얼굴에 접대용 미소가 가득 퍼졌다.

지하로 들어갈 수 있는 옥패.

목에 힘을 주고 다니는 자들만이 지닐 수 있는 물건이었다. 점소이는 허리를 거의 직각으로 굽히며 말했다.

"아, 진작 보여 주셨으면……. 그럼 지인과 즐거운 시간을 가지시고, 필요하실 때 부르십시오. 저기서 대기하고 있겠습니다."

점소이가 물러나고 백운회는 천류영을 향해 다가갔다. 그리고 천류영과 영능후가 앉아 있는 탁자 앞에 섰다.

백운회가 물었다.

"계속 나를 보던데, 나를 아나?"

그의 음성을 들은 천류영의 얼굴에 웃음이 번졌다.

설마? 혹시?

그렇게 긴가민가하던 것이 목소리로 확실해지는 순간이었다.

"형님이 저를 먼저 봤는데요?"

백운회가 피식 웃고 말을 받았다.

"형님이라……. 오랜만에 들어 보는군. 그래, 너는 나에게 다짜고짜 형님이라고 불렀었지."

"그때 의형이 되어 주겠다고 하셨지요?"

"너는 그런 내 제안을 거절했었고."

천류영은 고개를 젖히며 소리 없이 웃다가 다시 백운회를 보았다. 밑에서 올려다보니 방립 아래로 그의 얼굴이 보였다.

처음 보는 얼굴.

하지만 이 사람은 천마검 백운회다.

"벌써 일 년이 다 되었습니다."

"그래. 그렇군."

"그동안…… 고초가…… 심하셨습니까?"

"……."

"괜한 질문을 했군요. 빤한 것을."

백운회는 천류영 앞에 놓인 술잔을 들어 내밀었다.

"한 잔 주게."

천류영은 술병을 들어 따르며 말했다.

"싸구려 술입니다."

"자리는 술이 아니라 사람이 만드는 거지."

"이렇게 보니 참 좋습니다."

백운회는 다시 실소를 흘리고 물었다.

"내가 자네에게 이토록 반가운 존재였나?"

천류영은 어깨를 으쓱하며 미소 지었다.

"그러게 말입니다. 같은 편도 아닌데…… 무사한 것을 보니 왜 이리 절로 웃음이 나오고 반가운지 모르겠습니다."

백운회는 술잔을 들어 마시고는 고개를 끄덕였다.

"그건…… 나도 그렇군. 반갑다. 자주는 아니지만 가끔 네 생각을 했었다."

그가 술잔을 천류영 앞에 내려놓고는 술을 따랐다. 그러자 천류영이 말했다.

"그냥 합석하시죠?"

천류영의 말에 눈치를 살피던 영능후가 어정쩡한 자세로 일어나려고 했다. 그러자 백운회가 그의 어깨를 손으로 가볍게 누르며 말했다.

"앉아 계시오."

영능후는 자신도 모르게 숨을 들이켰다. 그저 어깨에

손을 댔을 뿐이다. 딱히 누른 것도 아닌데 일어서던 자신의 몸이 저절로 주저앉아 버렸다.

그 기이한 경험에 영능후가 정신을 차리지 못하는 사이, 백운회가 천류영에게 말했다.

"밤새서 대화를 나누고 싶은 마음은 굴뚝같은데 내가 지금 바빠서 말이지. 내일…… 아니, 모레 밤이 좋겠군. 그때 어떤가?"

천류영이 낙담한 표정으로 대꾸했다.

"그건 어렵겠는데요. 저도 바빠서."

"튕기는 건가?"

천류영은 귀밑머리를 긁적이며 반문했다.

"설마요."

"훗, 정말 바쁜가 보군. 하긴 임기 초반에 이곳을 모조리 흔들어야 할 테니 어찌 안 그럴까?"

백운회의 말에 천류영이 혀를 내둘렀다.

"제 머릿속에 사십니까?"

"자네만 하겠나?"

천류영은 술을 비우고는 물었다.

"지금 어딜 가시는지 알 수 있겠습니까?"

백운회는 손가락으로 탁자를 몇 번 톡톡 건드렸다. 말할 필요가 있을까라는 고민이 살짝 든 것이다.

그러나 그는 이내 답을 주었다.

"이곳의 지하."

백운회의 말에 영능후의 눈이 화등잔만 해졌다.

천류영 역시 미간을 좁히며 귀밑머리를 긁적거렸다. 그리고 속삭이듯이 물었다.

"도박이나 지하 결투를 즐기진 않으실 테고…… 가능한 조용히 있어야 할 형님이 지하로 간다? 소중한 사람이 잡혀 있군요."

백운회는 대답하지 않았다.

그건 곧 무언의 긍정.

"혹시 저도 아는 사람입니까?"

"글쎄, 본 적이 없을 텐데, 어쩌면 봤을지도 모르겠군."

"일조장이나 이조장이겠군요."

백운회는 어깨를 들썩였다. 소리만 내지 않았지 웃는 것이다.

"거 보라고. 진짜 남의 머릿속에 들어가 있는 사람은 자네라니까."

"함께 가죠. 이 밑에서 어떤 일이 벌어지는지 궁금하던 참이었거든요."

"난 그를 찾아 바쁘게 움직여야 해. 자넬 돌볼 여유가 없어."

"그렇게 하세요."

그리고는 자신의 옆구리에 있는 칼을 가볍게 손으로 치고는 빙그레 웃었다.

　"도움은 주지 못해도 민폐는 끼치지 않을 겁니다."

　백운회는 어이가 없었지만 자꾸만 실소가 흘러나왔다.

　"글쎄. 민폐를 끼칠 것 같은데? 어쨌든 재미는 있겠군. 자네와 뭔가를 함께한다는 것이."

　영능후가 백운회의 눈치를 살피며 말했다.

　"위험합니다, 분타주님."

　천류영은 백운회를 보며 대꾸했다.

　"일본벌의 실태를 눈으로 확인하는 건, 그 위험을 감수할 만큼 가치 있는 일입니다. 이들의 무력도 점검할 수 있을 테고요."

　"그런 건 위충이 알려 줄 겁니다."

　천류영이 영능후에게 시선을 옮겼다.

　"그것 때문만은 아닙니다. 나는 오늘 무슨 일이 있어도 이 형님과 술자리를 해야겠어요."

　백운회가 말을 받았다.

　"그 제안은 받지 않을 수 없군. 바라는 바야."

　영능후는 정말 이해가 가지 않는다는 눈빛으로 천류영에게 물었다.

　"대체 이분이 누구시기에 그러시는 겁니까?"

　백운회와 천류영이 동시에 답했다.

"모르는 게 약이오."

"알면 다칩니다."

둘은 서로를 마주 보며 피식 웃었다.

백운회는 품속에서 쪽지를 하나 꺼내 영능후에게 말했다.

"이 장소로 가 있으시오."

"하지만 저희는 기다리는 사람이 있습니다."

천류영이 대신 답했다.

"밖에 나가 기다리세요. 그리고 위충과 구위가 오면 함께 그곳으로 이동하세요."

"……."

"이곳은 곧 발칵 뒤집힐 테니까."

천류영이 자리에서 일어났다. 영능후는 곤혹스러움에 어쩔 줄을 모르고 따라 일어났다.

"그렇게 중요한 사람이십니까?"

천류영이 고개를 끄덕였다.

"이분을 잘 꼬드기면 이곳에서 있을 우리의 싸움이 훨씬 수월해질 겁니다."

영능후는 말문이 막혔다. 대신 백운회가 입을 열었다.

"나도 자네를 꼬드길 생각이었는데, 우리는 참 여러모로 통하는군."

백운회는 문가에서 자신을 바라보고 있는 점소이를 향

해 팔을 들었다.

딱!

그가 손가락을 튕기자 점소이가 달려왔다.

그러자 영능후가 그를 따라가려는 천류영에게 급히 말했다.

"호위도 없이 정말 괜찮으시겠습니까?"

그는 울상이 되어 가는데 천류영은 계속 웃기만 했다.

"전 무림을 뒤져 봐도 이 형님만 한 호위는 없을 겁니다."

그 말에 백운회가 쓴웃음을 깨물었다.

"졸지에 내가 자네의 호위로 전락한 건가?"

그러자 천류영이 뭘 그런 것을 시시콜콜 따지냐는 표정으로 받아쳤다.

"저한테 더 큰 것을 얻어 내실 것 아닙니까?"

"허……."

"이 정도는 애교로 받아 주셔야지요."

백운회는 기가 막혀 고개를 절레절레 저었다.

"무서운 의제를 두었군. 하지만 자네 말이 맞아. 나는 꽤 큰 것을 요구할 테니 이 정도야."

다가온 점소이가 끼어들었다.

"손님, 어디로 모실까요?"

"땀 냄새를 맡고 싶다."

지하 결투장으로 가겠다는 뜻이다. 그러면서 품속에서 은자 한 냥을 꺼내 던졌다.

점소이는 환한 얼굴로 은자를 받고는 앞장섰다.

"저를 따라오십시오."

그를 따라 이동하는 방립사내와 천류영의 뒷모습을 보던 영능후는 왠지 모르게 진이 빠져서 자리에 털썩 주저앉았다.

마치 귀신에 홀린 기분이었다.

그는 주변을 둘러보았다. 모두 술에 취해서 큰소리로 떠들어 대는 데 여념이 없었다.

하긴 그럴 것이다.

천류영과 방립사내가 대화를 나누는 동안 주변에 기막이 둘러져 있는 것을 느꼈으니까. 아무도 자신들의 얘기를 듣지 못했단 뜻이다.

"대체 누구지?"

그의 머릿속은 풀린 실타래처럼 엉망이 되어 버렸다.

2

영능후는 항주루를 나서면서 입술을 깨물었다.

"내가 지금 무슨 짓을 한 거지?"

천류영 분타주를 정체도 모르는 사람에게 맡기고 홀로

나오다니!

귀신에 홀린 것 같던 그는 그제야 정신을 차렸고 덜컥 겁이 났다. 만에 하나 천류영의 신상에 무슨 일이라도 생긴다면 어찌해야 하나?

가슴이 뻐근해지면서 심장이 두방망이질 쳤다. 지금이라도 항주루로 되돌아가야 하나?

영능후는 갈등을 하면서 방립사내가 건네준 쪽지를 펼쳤다.

종이에 적혀 있는 장소는 자신도 아는 곳이다.

하오문의 분타.

"하오문 사람인가?"

영능후는 혼잣말을 하며 고개를 갸웃거렸다.

방립사내가 자신의 어깨에 손을 댔을 때의 엄청난 잠력, 그리고 대화가 주변에 새어 나가지 않도록 둘러쳤던 기막.

절정고수이거나 그에 가까운 대단한 고수다. 어쩌면 그 이상일지도…….

하오문에 그런 고수가 있었던가?

그리고 천류영은 하오문의 고수와 어떻게 알고 있는 것일까?

생각이 깊어질수록 느는 건 이마의 주름살과 의혹뿐이었다.

그때 한 사내가 다가왔다.

오른쪽 눈이 의안인 사내는 호객꾼처럼 다가와 속삭이 듯 물었다.

"당신은 누구십니까?"

영능후는 저자를 오가는 행인들을 흘깃 보았다가 반문 했다.

"지금 나에게 묻는 건가?"

영능후는 전신을 긴장시켰다.

항주, 특히나 환락로에서 사람이 죽어 나가는 건 일도 아니다. 돈 몇 푼 때문에 괜히 시비를 걸어 배에 칼을 꽂 기도 했다.

물론 자신이 쉽게 당할 사람은 아니지만, 방심은 금물 이었다.

그가 검파에 손을 올리자 간조한이 손사래를 치며 머쓱 한 미소를 지었다.

"아! 오해는 마십시오. 밖에서 창을 통해 항주루 안을 살펴보다가 주군께서 보이신 행동이 너무 뜻밖이라……. 우리 주군과 어떻게 아는 사이인지 궁금해서 이리 무례를 저질렀습니다. 놀라셨다면 죄송합니다."

영능후의 눈에 이채가 스쳤다.

주군이라?

설마 그 방립사내가 하오문주라도 된단 말인가?

영능후는 쪽지를 내어주며 존대로 말했다.

"이리 가 있으라고 하더군요."

간조한은 영능후가 내민 종이를 받아 확인하고는 고개를 끄덕였다. 하오문 분타였다.

"이곳을 모르시면 제가 안내하지요."

"알고 있습니다. 하지만 기다리는 사람들이 있습니다. 그들과 합류한 후 가야 합니다."

"그럼 그렇게 하시지요. 저곳에서 함께 기다리는 게 어떻겠습니까?"

간조한이 가리킨 곳은 항주루의 맞은편에 위치한 다루였다. 그가 말을 이었다.

"이층 창가에 자리를 잡아 두었습니다."

좋은 위치다. 이 앞을 오가는 사람들을 다 내려다볼 수 있으니.

무엇보다 이 사람과 대화를 나누며 방립사내의 정체를 확인하는 것이 시급했다.

"좋습니다. 가시지요."

영능후가 발을 떼는데 간조한이 선수를 쳤다.

"그런데…… 주군과 함께 움직인 청년은 누구입니까?"

영능후는 쓴웃음을 깨물고 반문했다.

"귀하의 주군부터 누구신지 알려 주셔야지요?"

간조한의 입가에 흐릿한 미소가 스쳤다.

"혹시…… 그 청년은…… 무림서생이십니까?"

영능후는 속으로 놀랐지만 무표정으로 일관했다.

당신의 주군은 하오문주냐고 묻고 싶었지만 왠지 틀릴 것 같아서 입을 열지 못했다. 때문에 둘 사이에 어색한 침묵이 흘렀다.

하지만 그 정적은 길게 이어지지 못했다.

둘이 말없이 다루의 입구로 들어서려는 순간, 골목에서 한 초로인이 뛰어나온 것이다.

영능후가 반색했다.

"위충, 이제 오는가?"

간조한은 갑자기 나타난 사람을 보며 미간을 찌푸렸다. 영능후 역시 반가움을 풀고 오만상을 썼다.

위충의 핼쑥한 안색.

그는 한 손으로 아랫배를 잡고 있었다. 그 아랫배 주변의 보라색 상의는 피에 절어 있었다.

위충이 간조한을 흘낏 보고는 영능후에게 말했다.

"주군께서는?"

"그게……."

영능후가 뭐라 대꾸해야 할지 고민하는 사이에 위충이 품속에서 장부 하나를 꺼냈다.

"차라리 지금 계시지 않는 것이 다행일지도. 이걸 받아서 주군께 전해 주게."

굳이 묻지 않아도 알 수 있었다. 일본벌의 비밀 장부란 것을.

영능후는 급히 장부를 받아 챙기며 물었다.

"자네는?"

위충이 가타부타 말도 없이 어두컴컴한 골목으로 들어가려고 하자 영능후가 소매를 낚아채며 다시 물었다.

"자네, 지금 뭐하는 건가?"

위충이 초초한 기색으로 대꾸했다.

"시간이 많지 않네. 아마 지금쯤 왜구의 그림자들이 날 추적하기 시작했을 거야."

영능후와 간조한의 얼굴이 동시에 굳었다.

일본벌에는 그림자 무사라고 불리는 무시무시한 자객들이 있었다. 왜구들은 그들을 닌자[忍者]라고 불렀다.

암살에 최적화된 살수 삼십 명.

무공도 수준급이거니와 은신술은 타의추종을 불허했다.

닌자에게 표적이 된 사람들은 자신이 어떻게 죽는지도 모르고 운명을 달리할 정도였으니까.

기실 사 년 전 태극문의 팔백 정예가 하룻밤에 허무하게 무너진 가장 큰 이유는 태극문주를 비롯한 수뇌부가 닌자에게 암살됐기 때문이었다. 물론 이건 극소수만 아는 비밀이었다.

어쨌든 천류영이 일본벌을 공략할 때 가장 주의해야 할

놈들이었다.

영능후는 위충과 함께 골목으로 들어가며 말했다.

"분타로 가세. 자네가 그리 갔다는 것을 놈들이 어찌 알겠는가?"

위충이 고개를 세차게 내저었다.

"장부를 꺼내려고 서랍을 여는 순간 이상한 분말가루가 뿜어져 나왔네. 꼼짝없이 뒤집어썼지."

"……?"

"천리미향(千里迷香)이었네."

"……!"

강호에서 추적술에 쓰이는, 가장 효과가 탁월한 방향제 중 하나.

일부 문파, 특히 사파들 그리고 자객들은 후각이 예민한 인물을 발굴해 이 냄새를 쫓도록 특화시킨다. 물론 천리 밖까지는 불가능하지만, 수십 리 정도는 귀신처럼 추적할 수 있다고 알려져 있다.

천리미향의 무서운 점은 몸을 씻어도 소용없다는 점이었다. 무조건 백 일은 지나야 냄새가 사라진다.

영능후가 아연한 얼굴로 입술을 깨무는 동안 위충이 옹골차게 말했다.

"내 정체가 들통나면 주군의 계획에 차질이 생길 것이네. 그럴 수야 없지."

영능후가 답답하다는 기색으로 받아쳤다.

"이 답답한 사람 같으니라고. 그렇다고 대책 없이 쫓기다 죽을 셈인가?"

"큰일을 위한 작은 희생일 뿐이네."

위충의 표정엔 죽음을 불사하겠다는 결연함이 어려 있었다.

"이 사람아. 아무리 그래도 자네를 이리 보낼 수는 없어."

뿌리치고 가려는 위충과 단단히 부여잡은 영능후.

골목과 대로가 만나는 모퉁이에 서 있던 간조한은 둘의 실랑이를 보며 한숨을 내쉬었다. 그리고 골목 안으로 들어와 입을 열었다.

"상관하지 않으려고 했는데 어쩔 수 없네요. 두 분을 이대로 보냈다가는…… 두 분께서 모시는 주군이 실망할 테고, 그리되면 우리 주군도 마찬가지일 것 같군요."

위충의 눈이 일그러졌다.

영능후와 함께 있기에 한편이라고 생각했는데 지금 저자의 입에서 튀어나온 말은 따로 모시는 주군이 있다는 말이 아닌가!

간조한이 위충에게서 영능후에게 시선을 옮기며 말을 이었다.

"아주 솜씨 좋은 마부를 알고 있습니다. 밤에도 낮처럼

마차를 몰지요. 그 마부라면 한 시진 정도는 충분히 벌어
줄 겁니다."

영능후는 간조한이 말한 의미를 바로 간파했다.

일단 자신들이 위충을 도와 한 시진 정도의 시간을 벌
고 최종 결정은 하오문 분타에서 만날 주군께 맡기자는
뜻이었다.

영능후가 고개를 주억거리며 느닷없이 위충의 마혈을
짚었다.

위충은 온몸이 뻣뻣해지는 것을 느끼며 눈을 치켜떴다.
영능후는 독하면서도 슬픈 표정으로 전신이 마비된 벗에
게 말했다.

"위충, 자네는…… 주군이 자네를 버리는 잔인한 선택
을 하게 만들고 싶지 않은 거겠지? 주군께 괴로움을 드리
고 싶지 않은 게야."

"……."

"하지만…… 그분께서 잔인한 선택을 하든 말든, 일단
주군을 만나 뵙고 결정하세. 나는 결코 자네를 이리 보낼
수는 없으이."

천류영이 위충을 버린다면?

영능후는 위충과 함께 떠날 각오를 다졌다.

*   *   *

백운회는 점소이를 따라가며 곁의 천류영에게 물었다.

"아무리 생각해도 신기하군. 어떻게 나인지 단박에 알았나?"

자신은 죽은 사람이었다. 그런데 살아 있는 낯선 사람을 보면서 자신을 떠올린 천류영이 정말 신기했다.

게다가 방립으로 가려져 얼굴을 볼 수도 없었다.

설사 봤다고 해도 지금은 인피면구를 쓰고 있기에 알아보지 못하는 것이 정상이다.

또한 죽음의 기운을 몸에 품은 후로는 기도마저 예전과 달라졌다. 하긴 그 기도를 느낄 수 있으려면 상당한 수준의 공력을 가진 무사여야 가능하지만.

어쨌든 천류영이 자신을 바로 알아봤다는 것은 믿기지 않는 일이었다. 그가 자신을 보며 미소 지었을 때 기가 막혀 실소가 흘러나왔을 정도였다.

천류영은 귀밑머리를 긁적거리다가 소리 없이 웃고는 말했다.

"단박에 안 건 아닙니다."

"그게 그거네."

"후후후, 저도 잘 모르겠습니다. 그냥…… 예, 그냥 느낌이었습니다."

"단순히 느낌이라. 근거가 조금, 아니, 많이 빈약하군."

천류영은 입술을 몇 번 깨물었다.

자신은 사람이나 풍경을 볼 때 전체를 한눈에 파악하려는 경향이 있다.

그건 일종의 타고난 재능에다 오랜 노력이 더해져 생긴 눈썰미라고 할 수 있었다.

하지만 천마검의 말마따나 이건 단순히 느낌이나 눈썰미라고 치부하기도 어려웠다.

"아마도……."

천류영이 말을 끌자 백운회가 고개를 돌려 말을 따라 했다.

"아마도?"

"제가 오랫동안 형님을 존경하면서 그리워한 탓인 것 같습니다. 힘들 때나 어려울 때, 형님이라면 어떤 역경이라도 묵묵히 이겨 내겠지라는 생각을 하며 힘을 내고는 했으니까요."

"……."

백운회는 말문이 막혔다. 오죽하면 앞장서던 점소이마저 오싹 몸을 떨며 제 팔을 손으로 문질렀을까.

남색이라고 오해하기 딱 좋은 말이었다.

백운회는 점소이를 따라 계단을 밟으며 말했다.

"꼬맹이 시절부터 말인가? 그리 오래 나를 은애했다면 그럴 수도 있겠군."

점소이의 팔에 돋아난 닭살이 더욱 도드라졌다.

백운회의 농담 섞인 말에 천류영의 눈이 동그래졌다. 그리고 그의 얼굴 전체로 미소가 번졌다.

"저를 기억해 내셨군요. 저 같은 건 당연히 기억하지 못할 줄 알았는데."

백운회가 흐뭇하게 웃다가 갑자기 씁쓸한 얼굴로 대꾸했다.

"일 년 전, 내가 너를 기억했다면…… 우리 사이가 조금은 달라졌을까?"

천류영은 얼굴에서 미소를 지우고 나직이 한숨을 내쉬었다. 그리고 그건 백운회도 마찬가지였다.

자박, 자박.

계단을 내려가는 소리만 낮게 울렸다.

말로 형용하기 어려운, 묘하게 아프고 묘하게 답답한 시간이 흘러갔다.

층계참을 몇 개나 지나갈 만큼 지하는 깊었다.

이미 주변은 어두워져 벽에 간간이 꽂혀 있는 횃불이 아니라면 발을 헛디디기 십상이었다.

그리고 마침내 셋은 철문 앞에 있는 두 장정을 마주하게 되었다.

그들 중 한 명은 작달만 한 체구의 왜인(倭人)이었는데, 칼을 가슴에 품고 백운회와 천류영을 뱀눈으로 샅샅

이 훑었다.

특히나 얼굴을 확인할 수 없는 백운회에게 시선이 집중됐다.

점소이는 두 사내에게 손님을 모셔 왔다며 곰살맞게 말하고는 다시 계단을 올라갔다.

육 척이 넘는 장한이 무덤덤하게 말했다.

"패를 보여 주시고 검은 저희에게 맡겨 주십시오."

백운회가 옥패를 내보이자 왜인은 하품을 하며 경계의 시선을 거뒀다.

육 척 장한은 옥패를 꼼꼼하게 확인하고는 백운회와 천류영의 검을 받았다. 그리고 문 옆 벽에 걸려 있는, 무수한 가면 중 두 개를 내놓았다.

이마에서 인중까지, 얼굴의 상관을 가릴 수 있는 하얀 가면.

고객들이 자신의 정체를 드러내지 않고 마음껏 즐길 수 있도록 마련된 장치였다.

백운회는 방립을 벗고 그 가면을 썼다. 천류영도 가면을 쓰자 장한이 철문을 열고는 접대용 미소로 말했다.

"즐거운 시간 되십시오."

왁자지껄, 사람들이 떠드는 소음이 밖으로 쏟아져 나왔다.

백운회가 장한을 지나치며 어깨를 가볍게 두드렸다.

"그럴 생각이야."

장한의 얼굴이 구겨졌다. 속으로 건방진 새끼라고 말하는 것이 표정에 고스란히 드러났다.

천류영도 장한의 어깨를 쳤다.

"우리는 손님이잖아. 인상 풀라고."

"……."

"하나만 묻자."

천류영이 은자 한 냥을 슬쩍 찔러 주며 하는 말에 장한은 어색하게 웃었다.

사람은 싫어도 돈이야 언제나 환영이니까.

"질문하십시오."

"여기에서 계집을 살 수도 있다는 말을 들었는데 사실인가?"

이미 문턱을 넘어선 백운회는 어이없는 얼굴로 천류영을 뒤돌아보았다.

하지만 다른 사람도 아닌 천류영이 지금 농을 할 리는 없었다.

천류영을 보는 백운회의 눈이 서서히 깊어졌다.

장한은 미간을 찌푸렸다.

기실 여인을 사려는 발정 난 수컷들은 적지 않았다.

아무래도 도박과 지하 결투를 즐기다 보면 사내들의 정염도 들끓기 마련이니까. 그렇기에 항주루의 육층에서 팔층에 있는 방들은 늘 만석이었다.

하지만 그곳까지 가는 것도 귀찮아 이곳에서 욕구를 채우려는 사내들이 종종 있었다. 또한 아무래도 장소가 장소다 보니 온갖 변태들이 꼬이기 마련이었다.

장한은 퉁명스럽게 말했다.

"계집질을 하고 싶으면 육층으로 가시지요."

천류영은 천연덕스러운 표정으로 말을 받았다.

"허어, 그러려면 애초에 여기가 아니라 위로 올라갔겠지."

"……."

"이곳엔 아직 손 타지 않은 계집을 쉽게 구할 수 있다던데. 나는 처녀가 좋거든."

"이보십시오!"

장한이 짜증을 내려는 것을 천류영이 곧바로 끊었다.

"섭섭지 않게 쳐 주지. 물론 자네 몫도. 아마 몇 달 벌어야 할 돈을 한 번에 만지게 될 거야. 나는 가진 게 돈밖에 없는 사람이라고, 하하하."

천류영의 제안을 단칼에 자르려던 장한은 자신도 모르게 침을 삼켰다. 그는 왜인의 눈치를 살피며 말했다.

"지하 삼층에 그런 계집들이 있긴 한데……. 손님들은 그곳에 갈 수 없습니다."

그가 한풀 꺾인 목소리로 거절하자 천류영이 살가운 어

조로 닦달했다.

"에이, 왜 그래? 닳고 닳은 계집은 싫다고. 이런 내 마음 모르겠나? 뭘 그리 빡빡하게 굴어. 외모는 상관없다고. 숫처녀면 돼."

그러면서 품속에서 전표를 한 장 꺼내 들고 말을 이었다.

"그러면 이 전표는 자네 것이 되는 거지."

전표에 적혀 있는 액수를 본 장한은 회가 동했다.

한편 백운회는 천류영의 속내를 간파하고는 속으로 혀를 내둘렀다.

지하 삼층으로 내려가려면 그곳을 지키는 이들과 싸워야 한다.

그건 자신에게 어려운 일이 아니다.

하지만 지금 천류영은 다른 방법으로 접근하고 있었다.

구하려는 사람이 인질로 위험해질 가능성을 최소화시키려는 것이다.

놈들이 우리를, 최대한 폭혈도 가까이 스스로 안내하게 만들려는 속셈.

특히나 지하 삼층의 구조를 모르는 상황에서 폭혈도의 상태 역시 알 수 없다는 점이 걸렸었다.

백운회는 '과연!'이라는 생각을 하며 흥미로운 표정으로 천류영을 주시했다.

이런 천류영의 의도가 실패하더라도 손해 볼 것은 없으니까.

3

장한이 왜인과 대화를 나누며 둘 다 망설이는 기미를 보이자 천류영이 싱긋 웃고는 회심의 한 수를 던졌다.

"난 그 계집을 데려갈 생각이 없어."

백운회는 그 말에 속으로 탄복했고, 장한의 눈은 휘둥그레졌다. 천류영은 그런 장한의 옆구리를 팔꿈치로 툭 치며 말했다.

"처녀가 아니면 흥미가 없으니까. 당연히 한 번 꺾은 꽃은 더 이상 품지 않거든. 잠깐 즐긴 다음엔 여기에 두고 갈 테니까 알아서 하라고. 그 여인, 자네가 가지든지 그냥 두든지."

장한은 침을 꼴깍 삼켰다.

납치해 온 계집 중 한 명을 이 변태에게 잠깐 빌려 주는 것만으로 거금을 챙길 수 있는 기회였다.

게다가 비싼 노예까지 공짜로 생길 판이다.

그가 다시 왜인에게 방금 천류영이 한 말을 전했다. 그러자 시큰둥하던 왜인의 눈에도 욕심이 일렁였다.

그리고 왜인의 고개가 끄덕여졌다. 거절할 이유가 없는

거래였다.

장한이 환한 얼굴로 천류영에게 말했다.

"적당한 계집을 물색해 최상층으로 올릴까요?"

항주루의 최고층 숙소를 말함이다.

천류영이 음흉하게 웃으며 고개를 내젓고는 전표를 건네주었다. 거금을 손에 쥐게 되면 어지간한 사람이라도 무르는 것이 쉽지 않은 법이다.

"에이, 그럼 재미없지. 한 번쯤은 어두컴컴한 지하에서 즐기고 싶었다고. 낯선 상황은 더 짜릿한 자극을 주는 이치를 모르는가? 흐흐흐."

장한은 황당한 표정으로 입을 살짝 벌렸다가 이내 고개를 주억거렸다.

하긴 너 같은 변태가 오죽하겠냐는 눈빛이었다.

백운회는 그런 천류영을 보며 고개를 절레절레 저었다. 그리고 천류영을 데려오길 잘했다는 생각을 했다. 그의 능수능란한 기지를 보는 건 꽤나 즐거운 일이니까.

또한 자신의 약점을 다시 한 번 인식했다. 동료나 수하에 관한 일이라면 감정을 먼저 앞세운다는 점.

지금 천류영이 보여 주는 것처럼 상황을 더 유리하게 만들기 위한 시도를 했으면 좋았을 텐데.

그러자 문득 섬마검 관태랑이 떠올랐다.

이런 자신의 단점을 곁에서 조절해 주던 벗.

비록 천류영에는 미치지 못할지라도 관태랑은 누구와도 바꿀 수 없는 소중한 이였다.

잠깐 상념에 빠진 백운회를 향해 천류영이 말했다.

"형님도 즐기실 거죠? 형님 몫까지 제가 지불할게요."

갑작스러운 말에 백운회가 당황하는데 장한이 냉큼 미끼를 물었다.

부모 잘 만난 한량이 돈을 쓰겠다는데 만류할 이유는 없었다.

더구나 거래가 한 번 성사되면서 경계의 빗장은 풀려 버렸고 이미 솟구친 탐욕은 절제가 어려운 법이었다.

어차피 건네받은 전표는 지하 삼층에 있는 왜인들과 나눠야 한다. 그렇다면 액수가 클수록 자신에게 떨어지는 게 더 많아진다.

"저분도 처녀를……."

천류영이 묘한 미소를 지으며 장한의 말허리를 끊었다.

"아니, 저분은 남색이야."

"아……."

장한이 당황해 말을 잇지 못하는 가운데, 천류영은 백운회를 향해 물었다.

"형님, 아직도 남색 즐기시는 거 맞죠?"

백운회는 입술을 꾹 깨물었다.

천마검 백운회가 계간질이라니!

손이 바르르 떨리려는 것을 간신히 참고 억지로 미소 지었다. 천류영의 속내는 간파했고, 고마웠다.

그러나 자꾸만 미소가 일그러지려고 했다.

"그래……."

짤막한 대답 한마디 하는 것이, 수백 적군 속으로 홀로 돌진하는 것보다 훨씬 어려웠다.

"오늘은 제가 쏩니다."

백운회는 한숨을 삼키고 미소를 유지하며 대꾸했다.

"고맙군. 치가 떨리게 고마워."

"하하하, 우리 사이에 별말씀을."

"아니, 정말 고마워. 내 잊지 않겠네. 정말로."

천류영은 어깨를 으쓱하며 장한에게 고개를 돌렸다.

"그런데 저 형님 취향이 좀 까다로운데, 혹시 대머리 있나?"

"……."

"있으면 웃돈을 얹어 주지. 없으면 말고."

장한이 백운회를 흘낏 보고는 입맛을 다시며 대답했다.

"운이 좋으십니다. 그런데……."

그가 말끝을 흐리자 천류영이 의아한 얼굴로 물었다.

"무슨 문제라도 있나?"

"얼굴이 험악한 중년 사내입니다."

아무래도 안 되겠지란 표정이었다. 그러나 천류영은 반

색하며 백운회를 향해 엄지를 추켜세웠다.

"축하드립니다. 형님이 사족을 못 쓰는 상대예요."

"……."

"아닌가요?"

백운회는 한 차례 깊게 숨을 들이마시고는 답했다. 한 번 대답하기가 어렵지, 이번엔 좀 수월했다.

"맞네."

* * *

드르렁, 피우우우. 드르렁, 피우우우.

지하 삼층의 독방에 갇혀 있는 폭혈도는 세상모르고 깊은 잠에 빠져 있었다.

그는 자신의 처지가 어떤지도 모른 채 헤벌쭉 미소 짓고 있었다.

오랜만에 맛보는 단잠이기도 했거니와 그는 지금 꿈을 꾸고 있었다.

자신이 그토록 찾아 헤매던 대주님과 상봉해서는 술을 마시며 안주로 닭다리를 뜯는 꿈이었다.

"크허허허."

잠자던 폭혈도가 난데없이 행복 가득한 웃음을 터트렸다.

천마검과 자신이 함께하는 술자리에 동료들이 나타나기 시작한 것이다.

관태랑이 나타나 퉁명스럽게 말했다.

"나를 빼놓고 뭐하는 겁니까?"

천마검이 어서 합석하라며 웃음을 터트렸다. 그러자 귀혼창과 수라마녀가 불쑥 들이닥쳤다.

"저도 술 한잔 주십시오."

"술자리에 여인이 없으면 무슨 재미겠어요?"

마령검도 나타났다.

"저도 술 좋아합니다."

"크허허……."

폭혈도는 신이 나 계속 웃었다. 그런데 왜일까?

그의 웃음소리가 조금씩 잦아들었다.

천랑대원들이 하나둘 나타나더니 이내 주변에 가득 모였다. 그리고 초지명 흑랑대주가 몽추와 파륵을 데리고 와서는 입을 열었다.

"한 자리 껴도 되겠습니까?"

폭혈도가 자리에서 일어나 호탕하게 외쳤다.

"그럼요. 어서 오십시오. 다들…… 다들 잘 있었지요?"

웃으며 말하던 그의 목소리에 물기가 어렸다. 그리고 어느새 흐느끼고 있었다.

"흑흑. 다들…… 건강하게…… 잘 있었구나. 다행이다,

다행……."

차아아악!

폭혈도는 잠꼬대를 하다가 눈을 치켜떴다. 차가운 물세
례에 잠에서 깨어난 것이다.

그가 누운 채 멀뚱멀뚱 앞을 보았다.

두 사내가 키득거리며 자신을 내려다보고 있었다.

한 사내가 웃으며 들고 있던 양동이를 옆으로 팽개치고
는 말했다.

"이거 미친놈 아냐? 자면서 실실 웃더니 이젠 울어?"

폭혈도는 잠에서 완전히 깨어나지 못한 채 주변을 두리
번거렸다.

대체 여기가 어디지?

혹시 지금도 꿈속인가?

어두컴컴한 석실.

열린 문가로 들어오는 불빛이 전부인지라 두 사내의 얼
굴이 제대로 보이지 않았다.

"어?"

폭혈도는 손목과 발목에 채워져 있는 족쇄를 발견하고
는 자신도 모르게 기겁성을 터트렸다.

물을 끼얹었던 사내가 다시 한 차례 웃음을 터트리고는
말했다.

"기무라 님께서 널 죽이지 않은 것에 감사해야 할 거

다. 덕분에 네놈은 이제 극락을 경험하게 될 테니까.”

그의 말에 곁에 있던 사내와 문밖 복도에 있는 이들이 폭소를 터트렸다.

기무라라는 왜인은 두 수하를 잃은 분노로 폭혈도를 죽이려고 했었다. 하지만 마음을 고쳐먹고 폭혈도를 끌고 왔다.

쉽게 죽일 수 없었던 것이다.

지하 결투장에서 싸우다 죽게 만들 요량이었다. 그리고 이놈을 잘만 이용하면 제법 짭짤한 수입이 생길 거란 계산도 있었다.

대단한 고수.

이런 놈을 지하 결투장에 내놓으면 사람들이 열광할 것이리라. 두 명의 수하를 잃은 것은 아까운 일이지만 이런 고수가 탈진해 있었다는 것은 행운이었다.

꼬르르륵.

폭혈도의 창자가 배고픔을 이기지 못하고 비명을 질러 댔다.

그는 상체를 일으켜 정좌하고는 특유의 쇳소리로 말했다.

“잠은 됐으니 이제 먹을 것 좀 주지?”

그의 태연자약한 모습에 지켜보던 사내들이 순간 움찔했다. 어이가 없어 말문이 막힌 사이 폭혈도가 말을 이었다.

"닭다리 없나? 기왕이면 반주로 죽엽청이나 백주를 곁들일 수 있으면 좋겠고."

한 사내가 흉흉한 눈빛으로 폭혈도에게 다가와 발을 날렸다.

그 순간 폭혈도가 앉은 자세 그대로 뒤로 넘어갔다.

슈우웅.

발길질이 폭혈도의 면상을 놓치고 허공만 갈랐다. 그리고 어느새 폭혈도의 발이 뻗어 나가 상대의 사타구니를 가격했다.

퍼억.

"컥!"

사내가 단말마를 지르며 폭혈도의 가슴으로 고꾸라졌다. 그러자 폭혈도는 손으로 사내의 멱을 움켜잡았다.

스르릉, 스르릉.

폭혈도가 움직일 때마다 족쇄와 연결되어 있는 쇠사슬이 바닥의 돌과 긁히며 쇳소리를 냈다.

폭혈도는 누운 상태에서 자신이 잡고 있는 상대를 보며 말했다.

"발음이 이상하다 했더니 네놈도 왜인이었군. 그런데 우리말을 꽤 하네?"

목을 잡힌 왜인은 숨 쉬는 것조차 어려워 시뻘겋게 변한 얼굴로 입을 크게 벌렸다.

주먹을 날려야 한다는 생각이 뇌리를 스쳤지만 움직이지 못했다.

폭혈도의 작은 눈에서 흘러나오는 살기에 전신이 공포로 잠식되어 버린 것이다.

동료 둘을 단칼에 해치운 흉포한 사내란 건 전해 들었다.

하지만 놈은 쇠사슬에 묶여 움직임에 제약이 있었고, 자는 동안 산공독을 먹였기에 두려워할 이유가 없다고 지레짐작한 것이 실수였다.

이놈은 내공을 쓰지 못하더라도 무시할 수 없는 고수였다.

복도에 있는 왜인들 중 일부가 석실로 들어와 조용히 칼을 빼 들었다. 둘이 횃불을 들고 왔다. 그러자 폭혈도는 잇몸을 드러내며 소리 없이 웃고는 말했다.

"닭다리 하나에 술 한 병. 그럼 이놈을 풀어 주지."

"……."

"내가 뭐 거창하게 풀어 달라고 요구하는 것도 아니고, 그 정도는 들어줄 수 있잖아?"

왜인들은 폭혈도의 배포에 기가 질릴 지경이었다.

복도에서 들어온 사내 중 가운데 있던 꺽다리 사내가 착 가라앉은 목소리로 말했다.

"먼저 그를 놓아라. 안 그러면 너는 죽는다."

폭혈도가 웃음을 터트렸다.

"크하하하. 어차피 날 죽일 작정인 거 다 안다고. 설마 나를 풀어 줄 생각이었던 거야?"

"……."

"어쨌든 내가 쪽팔리게 배고파 죽기는 싫거든."

"……."

"이봐, 사람 목이 얼마나 약한지 내가 직접 보여 줘야 해? 살짝 돌리기만 하면 끝이라고."

폭혈도가 손에 힘을 더 주자 잡혀 있는 왜인이 버둥거렸다.

그러자 몇몇 왜인들이 제 나라 말로 잠시 대화를 나누었다. 그리고 껑다리가 입을 열었다.

"좋아. 어차피 그 정도는 주려고 했어. 널 기다리는 손님이 있거든. 그 고객의 요구에 맞춰 주려면 너도 좀 먹은 게 있어야 할 테니까."

"손님? 뭐, 어쨌든 먹을 것을 주려고 했단 말이지? 그럼 괜한 짓을 벌였군. 하여간 나도 이 급한 성질이 문제라니까."

폭혈도는 잡고 있던 왜인을 앞으로 던지듯 밀었다. 그러자 풀려난 왜인은 바닥에 엎어져서는 제 목을 잡고 캑캑거리며 기침을 해 댔다.

껑다리 왜인은 폭혈도를 쏘아보다가 비릿한 미소를 머

금었다.

"네놈의 그 건방짐도 곧 울음으로 바뀌게 될 거다. 아주 비참하게 울게 될 거야."

"시파, 됐고. 술과 닭다리나 내놓으라고."

그때 문밖의 복도에서 작은 소란이 일었다.

"손님, 잠깐만 기다리십시오. 먹을 것도 좀 주고 몸도 닦은 다음에……."

"난 원래 지저분한 사내가 좋소."

성큼성큼 걸으며 내뱉는 백운회의 말에 이곳까지 따라왔던 입구의 육 척 장한이 황당하다는 낯빛을 했다.

그러자 곁에 있던 천류영이 낮게 웃으며 맞장구를 쳤다.

"그리고 형님이 먹을 것을 직접 주면 분위기도 좋아지지 않겠습니까?"

육 척 장한이 천류영에게 볼멘소리를 했다.

"계집은 이쪽이 아니라 저쪽입니다. 손님은 저쪽으로 가셔야 합니다."

"거참, 왜 그리 깐깐하게 그래? 오늘은 내가 크게 쓰는 날이야. 돈 쓰는 사람으로서 우리 형님이 마음에 들어 하는지 정도는 확인하고 싶다고."

그들의 목소리가 석실 안으로 새어 들어왔다. 그리고 그 음성을 들은 폭혈도는 얼어붙었다.

머릿속이 모두 타 버려 하얀 재만 남은 듯싶었다.

그는 입을 벌린 채 열린 문을 바라보았다.

넋 빠진 표정의 그를 본 꺽다리 왜인이 유령처럼 스르르 다가오더니 폭혈도의 마혈을 짚었다.

그럼에도 폭혈도는 아무 반항도 없이, 이제는 마비가 되어 움직일 수 없는 눈으로 문 쪽만 바라보았다.

저벅, 저벅.

걸어오는 소리가 폭혈도의 귓가에 천둥처럼 울렸다. 그런 폭혈도를 이상하게 바라보던 꺽다리가 밖을 향해 말했다.

"손님이 원하는 대로 해 주어라. 준비한 술상도 당장 가져와."

그리고 그가 밖으로 나가자 다른 이들도 따라나섰다.

그는 문 앞에 다다른 백운회를 보며 차갑게 말했다.

"시간은 반 시진."

백운회는 다시 어둠에 잠긴 석실 안을 흘낏 보고는 어금니를 깨물었다.

멍한 표정으로 이곳을 보고 있는 사내.

폭혈도다.

가슴속에서 울컥하고 불길이 치밀었다.

그가 대답을 하지 않자 천류영이 대신 입을 열었다.

"시간이 짧다는 것 같군요."

꺽다리는 더럽다는 표정으로 백운회를 일견했다가 천류영에게 말했다.

"그럼, 놈을 먹이는 시간을 줄이면 될 것이오."

천류영은 혀를 차며 타박했다.

"뭐 그리 깐깐하게 그러시오."

"반 시진."

백운회가 끼어들었다.

"그렇게도 걸리지 않을 거야."

그리고 석실 안으로 발을 내디뎠다.

꺽다리가 그런 백운회를 일견했다가 자리를 뜨자 주변에 몰려 있던 왜인들도 각자의 자리를 향해 움직였다.

작은 술상을 든 어린 여자아이가 다가왔다. 천류영이 그 소녀로부터 냉큼 술상을 받아 들고는 제자리로 돌아가는 왜인들에게 말했다.

"반 시진. 넘지 않을 거요."

그 말을 하며 천류영도 백운회를 따라 안으로 들어갔다. 그러자 곁에서 대기하고 있던 육 척 장한이 화들짝 놀라며 천류영을 불렀다.

"손님, 손님은 여기가 아니라니까요?"

"거참, 일각만 있다 나갈게. 술상을 봤으니 나도 한잔은 해야지."

"그러면 안 됩……."

천류영이 그의 말을 끊었다.

"이 시간도 내 시간에서 빼."

그렇다는데 어떻게 말리겠는가?

장한은 별 이상한 놈 다 보겠다는 듯이 천류영의 뒤통수를 쏘아보았다.

천류영은 폭혈도 앞에 술상을 놓고는 장한을 향해 싱긋 웃었다.

"문 좀 닫아 줄래? 우리 형님이 부끄러워하시잖아."

장한은 헛웃음을 삼키고 고개를 끄덕였다.

사내 셋이 어두컴컴한 곳에 앉아 추파를 던지는 모습은 보라고 해도 사양이었다.

"횃불은 필요 없으십니까?"

천류영이 그를 바라보며 웃었다.

"어두컴컴한 게 좋다니까."

장한은 미친놈이라는 욕설을 꾹꾹 눌러 참으면서 석문을 닫았다.

쿵!

폭혈도는 어둠 속에 떠 있는 하얀 가면을 보면서 이를 악물었다. 양 뺨이 부들부들 떨렸다.

그러자 백운회가 다가와 가볍게 몸 몇 군데를 손가락으로 툭툭 찔렀다.

마혈이 해제되자 폭혈도는 무릎을 꿇고 엎드렸다.

산공독으로 내공을 쓸 수는 없었지만 주변으로 기막이 둘러쳐지는 것을 감지했다.

"대주님!"

그의 어깨에서 시작된 경련이 전신으로 퍼져 나갔다.

백운회는 그런 폭혈도를 마주하며 앉았다. 그리고 빈 잔에 술을 또르륵 따르고 술잔을 내밀었다.

고개를 든 폭혈도가 허리를 펴고 술잔을 받았다. 그리고 단숨에 술을 비웠다.

백운회는 상에 놓인 닭의 한쪽 다리를 뜯어서 건넸다.

폭혈도는 그 닭다리를 잡고 몇 차례 한숨을 내쉬다가 먹기 시작했다.

한 입, 두 입.

미처 씹지도 못했는데 그의 작은 눈에서 눈물이 밑으로 뚝뚝 떨어졌다. 그는 손등으로 눈물을 훔치고는 들고 있던 닭다리를 내려놓았다. 그리고 남아 있는 닭다리를 뜯어서 백운회를 향해 내밀었다.

백운회가 닭다리를 보고 입술을 꾹 깨물었다. 그리고 손을 내밀어 받아 들고는 한입 뜯었다.

폭혈도가 이번엔 술잔에 술을 채우고 올렸다.

그렇게 둘은 술을 건네며 닭고기를 뜯었다.

백운회는 천천히, 그리고 폭혈도는 아귀처럼 고기를 씹었다.

반 각의 시간이 지났을 때 술은 동이 났고 닭은 뼈만
남았다.

마침내 백운회가 입을 열었다.

"고생했다."

폭혈도가 마치 어린아이처럼 울음을 터트렸다.

"으어어어엉."

4

천마검은 고개를 들어 천장을 보았고, 폭혈도는 고개를
박고 울었다. 그 둘의 모습을 천류영은 묵묵히 바라보았
다.

누군가는 고생했다는 한마디를 했고, 누군가는 그 말조
차 건네지 못했다.

그러나 무슨 긴말이 필요하겠는가?

이심전심(以心傳心)으로 그동안의 고통스러웠을 시간
들을 느끼고 이해하며 안타까워하고 있었다.

문가에 있던 천류영은 자신의 코까지 시큰한 것을 느끼
며 발을 내디뎠다. 그리고 백운회와 폭혈도 사이에 털썩
주저앉았다.

그는 손을 뻗어 술병을 잡는 순간 입맛을 다셔야 했다.

백운회가 천류영을 보며 말했다.

"자네 몫을 잊었군."

천류영은 아쉬움을 털고 대꾸했다.

"여기서 나간 다음에 형님이 사시면 되죠."

"그래, 그러지."

"이제 나가야 합니다. 제가 여기에 더 머무르면 의심할 겁니다."

어느새 울음이 잦아든 폭혈도가 천류영을 향해 말했다.

"우리 대주님이야 딱 목소리를 듣는 순간 알았지만 천 공자는 긴가민가했소."

천류영이 어깨를 으쓱하고 섭섭한 표정을 지었다.

"내 목소리도 한 번 들으면 잘 잊히지 않는다던데."

폭혈도가 처음으로 입가에 미소를 머금었다.

"내 쇳소리 같은 목소리와 비교할 수 없다는 것쯤은 잘 아오. 하지만 우리 대주님과 천 공자가 함께 있을 가능성은 한 번도 상상해 본 적이 없으니까."

백운회가 둘을 번갈아보며 끼어들었다.

"역시 둘은 이미 만났었군. 사천에서…… 싸웠었나?"

민감한 질문이기에 그가 잠시 말을 끌었다.

그러자 천류영은 특유의 어조로 '설마요?'라며 말했고 폭혈도는 세차게 고개를 저었다.

"빚을 졌습니다."

백운회의 눈에 이채가 떠올랐다.

"빛?"

"예. 천 공자가 우리를 도와서 그날 무슨 일이 있었는지 추론해 주었습니다. 덕분에 우리는 그날 아침에 어떤 일이 벌어졌는지 알 수 있었고, 또한 마교주가 배신자라는 것도 파악했습니다."

"그런가?"

담담하게 물었지만 백운회의 천류영을 보는 눈빛은 깊게 침잠했다.

천류영의 능력을 떠나서, 당시 정파를 이끄는 사령관인 그가 그런 결정을 내렸다는 것은 놀라운 일이었다.

자칫 천류영의 발목을 잡고 그를 늪으로 끌어들일 수 있는 위험천만한 행동.

폭혈도가 계속 말했다.

"예, 그리고 대주님께서 금광구로 날려 보낸 글자의 뜻도 해석해 주었지요. 아마 천 공자의 도움이 아니었다면…… 우리는 분노로 눈이 멀어 무작정 소교주를 쫓다가 전멸했을 겁니다."

백운회는 깊게 한숨을 내쉬었다. 고맙다는 말 한마디로 대충 때울 수 있는 것이 아니기에.

그러자 천류영이 그런 백운회의 마음을 안다는 듯이 말했다.

"저 역시 부채 관계를 청산했을 뿐입니다."

"······?"

"제가 어렸을 때, 형님은 이미 제 목숨을 구해 준 적이 있습니다. 그 마지막 날. 비명과 혼란이 하늘을 찌르던 그 날."

백운회가 고개를 갸웃거렸다.

"그런 적이 있었나?"

"모두 기억나신 건 아니군요."

"······."

"그건 차차 생각하십시오. 뭐, 굳이 기억하지 않으셔도 상관없는 일이고. 어쨌든 제가 사천에서 도운 것을 가슴에 담아 둘 필요는 없습니다. 제가 형님에게 받은 목숨 빚을 갚았다고 생각하십시오."

폭혈도가 낮게 웃다가 말했다.

"대주님, 천 공자야말로 진짜 사냅니다. 대주님이 기억하지 못하니 어물쩍 넘어가도 될 터인데. 그리고 정말 대단한 인재고요. 잘하셨습니다. 천 공자가 휘하에 있다면 뭐가 두렵겠습니까?"

그 말에 백운회가 쓴웃음을 깨물었다. 폭혈도는 지금 천류영과 자신의 관계를 오해하고 있었다.

"내 사람이 아니다."

"예? 그런데 왜 같이······."

"만난 지 삼 각 정도밖에 되지 않았어. 그러니까 지금은…… 일시적 동행이라고 해 두지."

폭혈도의 얼굴에 짙은 아쉬움이 스쳤다. 그는 미련을 버리지 못하고 천류영을 보며 물었다.

"우리에게 올 생각 정말 없소? 물론 지금 우리 신세가 비루하긴 하지만 곧 달라질 거요. 우리 대주님이 이렇게 버젓이 살아 계시니까. 천 공자가 도와준다면 무엇이 두렵겠소!"

백운회는 일부러 폭혈도의 말을 끊지 않고 천류영을 보았다. 천류영은 귀밑머리를 긁적거리며 소리 없이 웃다가 말했다.

"그러기엔 너무 멀리 와 버렸습니다. 그리고 천마검 형님이 마교에서 할 일이 있듯이 저 역시 정파에서 할 일이 있다고 믿습니다. 운명의 수레바퀴는…… 이미 굴러가기 시작한 거죠. 하나가 되지는 못하겠지만 한 방향을 보고 나란히 굴러갈 수는 있지 않겠습니까?"

폭혈도는 고개를 저었다.

"천 공자, 정파에서 출세할 수 있을 거라고 믿소? 명문가의 배경이 없으면 이용만 당할 뿐이오. 명숙이라는 인간들의 눈치만 살피다가 사내로서 큰 꿈을 펼치기도 전에……."

백운회는 천류영의 표정이 흔들리지 않는 것을 보고는 손을 들어 폭혈도의 말을 끊었다.

"그만, 더 이상 이 친구를 불편하게 만들 필요는 없어. 그리고 이런 얘기는 이곳과 너무 어울리지 않아."

천마검이 대화를 중지시켰음에도 폭혈도는 말을 멈추지 않았다.

그만큼 천류영이 필요하다고 느낀 것이었다.

"대주님께서 예전에 말씀하셨듯이 작금의 정파는 오랫동안 기득권을 누린 자들이 만들어 낸 세습 체제입니다. 그런 세습 체제가 비교적 약한 본 교의 권력층도 대주님을 쳐 냈는데, 정파야 두말하면 뭐하겠습니까? 천 공자는 결국 토사구팽당할 터. 너무 아깝습니다."

백운회는 폭혈도를 향해 피식 웃고는 말했다.

"나중에…… 결국 내 옆에 있게 될 거야."

백운회의 확신에 찬 말에 천류영은 연신 귀밑머리만 긁적였고 폭혈도는 그제야 물러났다.

"대주님이 그렇다면 그런 거지요. 알겠습니다."

백운회는 천류영에게 시선을 옮기고 말했다.

"나란히 굴러가는 운명의 수레바퀴란 말 잘 들었다."

"……"

"하지만 그건 이상적인 얘기일 뿐이야. 마치 새는 좌우의 날개로 난다는 말과 같지. 하지만 현실은 그렇지 않아. 상대를 짓밟지 않으면 자네가 밟힐 거야. 인간의 역사는 결국 투쟁이었으니까."

천류영은 이쯤에서 대화를 끝내야 한다는 것을 알면서도 반박했다.

"투쟁이 전부라고 생각하지 않습니다. 투쟁과 협력이 어울렸죠. 폭풍우 치는 날이 있는 것처럼 맑은 날도 있고, 전쟁이 있듯이 평화로운 시절도 있습니다. 인간이 상대를 존중하고 배려하는 마음이 없었다면 진즉 멸종했을 겁니다."

"그렇게 선한 마음을 가진 자들을 이용하고 농락하는 자들이 언제나……."

백운회는 말꼬리를 흐리고 한숨을 뱉었다. 그리고 자리에서 일어나며 손사래를 쳤다.

"그만하지. 이런 논쟁은 끝이 없으니까. 이 자리에서 할 얘기도 아니고."

천류영이 따라 일어서며 수긍했다.

"그건 동감입니다."

둘은 서로 계면쩍은 표정을 지었다. 이런 자리에서 논쟁이라니! 좋게 생각하면 자신감과 여유로움이었고, 다른 의미로는 객기를 부린 것이었다.

쇠사슬에 묶여 일어설 수 없는 폭혈도가 입을 열었다.

"이걸 풀어야 하는데……."

천류영이 바로 말을 받았다.

"제가 열쇠를 받아 오죠."

백운회와 폭혈도가 눈으로 물었다.

어떻게?

천류영의 얼굴에 짓궂은 표정이 어렸다.

"다양한 자세가 필요한데 족쇄 때문에 어렵다고 말하면 들어줄 겁니다. 일단 마혈을 짚었으니까."

백운회는 감탄하면서도 혀를 찼다.

"비역질 얘기는 그만하지. 자꾸 듣다 보니 내가 진짜 남색이 된 것 같아."

"하지만 열쇠가 있어야……."

천류영은 말을 잇지 못하고 눈을 부릅떴다. 폭혈도도 마찬가지였다.

백운회가 갑자기 폭혈도의 족쇄를 잡고 힘을 주자 '쩡!' 하는 소리가 일었다. 족쇄가…… 깨져 버린 것이다.

천류영은 멍한 얼굴로 중얼거리듯이 물었다.

"형님, 사람 맞죠?"

폭혈도도 기함했다가 벅찬 표정이 되었다.

"더 강해지셨군요! 세상에!"

백운회는 폭혈도의 발목에 있는 족쇄까지 깨트리고는 말했다.

"산공독에 당했지?"

"네? 예. 그걸 어떻게? 어쨌든 상관없습니다. 저따위 놈들은 내공 없이도 쓸어버릴 수 있습니다."

절정고수니 부릴 수 있는 호기다. 그리고 실제로 절반은 맞는 말이기도 했고.

그러나 일류 검사 두셋이 합격을 하면 아무리 폭혈도라도 내공이 금제된 상태니 어려운 지경에 처할 수도 있었다. 절정에 근접한 왜인이 있다면 필패다.

그럼에도 천류영이나 폭혈도는 전혀 두려운 표정이 아니었다.

그들에게는 천마검이 있었으니까.

그리고 그는 예전보다 훨씬 강해져서 돌아왔다!

"앞으로의 작전은……."

백운회는 말을 멈추고 천류영을 보았다.

"딱히 생각해 둔 것이 있나?"

그의 질문은 천류영이 항주에서 싸움을 벌이는 데 이곳을 어떤 의미로 활용할 생각이 있느냐는 물음이었다.

천류영이 생각한 것이 있다면 적극 돕겠다는 의중이고 배려였다.

천류영이 감사하다는 표정으로 고개를 까딱하고는 눈을 빛냈다.

폭혈도가 눈치 없이 끼어들었다.

"그냥 다 쓸어버리지요. 이런 잡것들을 남겨 둬서 뭐하겠습니까? 세상에 해악만 끼칠 놈들입니다."

백운회는 여전히 천류영을 직시하며 말했다.

"그렇게 할까? 하지만 자네가 일본벌을 곧 공략하려는 생각을 가지고 있었다면…… 지금 우리의 행동으로 경계가 강화될 거야."

그리되면 아무래도 정파인의 피해가 늘어날 수밖에 없을 것이다.

천류영이 빙그레 웃고 답했다.

"적당히 깨부수고 튀죠. 너무 압도적으로 부수면 보타산의 왜구가 나오지 않고 관망할 수도 있을 테니까요."

"적당히라……. 알겠네. 하지만 그렇게 해서야 이곳의 인질들은 구할 수 없어."

"그건 모레 밤에 할 겁니다."

백운회는 천류영이 이틀 뒤에 바쁘다고 했던 말을 상기하며 고개를 끄덕였다.

"우리가 오늘 밤 적당히 해도 일본벌은 경계를 강화할 거야. 그건 어쨌든 자네가 생각하고 있는 책략에 미묘한 변화를 줄 테이고."

"다른 때였다면 그 미묘함을 우려했겠지만 지금이야 상관없지요. 그것을 충분히 덮고도 남을 강력함이 생겼으니까요."

강력함!

천마검을 지칭하는 것이다.

백운회가 미소로 말했다.

"아직 확정된 건 아니지만 나는 아마 나흘 후엔 이곳을 떠날 거야. 끝까지 자네와 함께하지는 못할 듯싶은데."

천류영의 얼굴이 살짝 굳어졌다. 그는 입술을 살짝 깨물었다가 이내 담담히 말했다.

"알겠습니다. 그것만으로도 큰 도움이 될 겁니다."

"그래, 그럼 일단 이곳에서 빠져나간 후 내 부탁을 말하기로 하지."

이미 천류영은 짐작하고 있었다. 그걸 백운회도 알았다. 하지만 거래란 건 확실해야 하니까.

천류영이 석문을 밀며 말했다.

"제가 먼저 시작하죠."

그의 호기로운 말에 백운회와 폭혈도가 얼굴을 마주 보았다.

천류영이?

천류영이 복도로 나가자 때마침 육 척 장한이 석문 앞에 다가오고 있었다.

일각이 넘어 나올 때가 지났기에.

"아, 마침 나오시네요."

짜증스럽던 그의 얼굴이 삽시간에 접대용 미소로 가득 찼다. 이미 돈은 다 받았다. 하지만 이 호구가 또 불쑥 전표를 찔러 줄지도 모르는 일이기에.

천류영은 복도의 좌우를 빠르게 훑고는 고개를 끄덕였다.

미로 같은 지하 삼층.

왜인들은 보통 모퉁이마다 네다섯씩 몰려 있었다. 자신이 이곳까지 오는 데 돈 모퉁이가 일곱.

천류영이 한 손을 들고 반가운 미소를 지었다.

"벌써 일각이 지났나?"

육 척 장한의 뒤로 왜인 둘이 따라오고 있었다. 천류영은 그들이 가깝게 올 때까지 기다리며 말을 이었다.

"그런데 기왕 즐기는 거 처녀 두 명은 안 될까?"

장한은 자신도 모르게 혀를 찼다. 뒤따라오는 두 왜인도 말을 알아듣고 고개를 절레절레 저었다.

장한은 급히 얼굴에 어린 황망함을 지우고 말했다.

"안 될 거야 없지요. 하지만 그러려면 돈을 더……."

"하하하. 이를 말인가?"

"역시 화통하십니다."

천류영은 품속에 손을 넣었다가 앞으로 쭉 뻗었다.

전표라 생각하고 반색하던 장한의 오른 뺨에 천류영의 주먹이 꽂혀 들어갔다.

콰직!

그의 신형이 오른쪽으로 기울며 한 왜인의 시야를 가렸다. 왼쪽의 왜인은 당황하며 천류영을 향해 검을 빼 들었다.

사선으로 뽑혀 나오는 왜검.

그 순간 자연스럽게 하체가 빈다. 그리고 이미 천류영의 발은 빈 공간을 넘어 그의 오른 다리를 때리고 있었다.

빠각.

그도 휘청거리며 장한 쪽으로 몸이 기울었다. 때문에 중심을 잡으려던 장한과 그의 몸이 뒤엉켜 자빠졌다.

홀로 남은 왜인은 칼을 뽑기도 전에 동료를 피해 위로 도약해야만 했다. 그러지 않으면 다리가 걸려 자신도 중심을 잃고 쓰러질 테니까.

하지만 그의 이런 움직임 역시 천류영의 머릿속에 계산돼 있었다.

파아아아.

천류영의 주먹이 살짝 위로 도약한 왜인의 배를 강타했다.

"끄억!"

왜인이 비명을 지르며 나동그라졌다. 그 틈에 천류영은 장한과 엉킨 왜인의 손목을 힘껏 밟았다.

"아악!"

맥이 뛰는 손목을 밟고 비틀면 손이 풀린다. 천류영은 이미 허리를 숙이고 그 칼을 기다렸다가 잡아챘다.

파앗!

찌르기.

왜인의 심장에서 핏물이 피슈욱 하고 뿜어져 나왔다.

석문을 나온 백운회와 폭혈도가 그런 천류영을 기가 막힌 표정으로 보았다.

백운회가 물었다.

"너, 무공은 언제?"

"일 년 다 되어 갑니다."

"……."

"저는 칼 구했습니다. 이런 건 각자 챙기죠."

백운회가 쓴웃음을 머금었다. 폭혈도도 따라 웃으며 말했다.

"천 공자가 저리한 것이 적당한 거면, 대주님과 저는 어떻게 해야 적당한 겁니까?"

복도 좌우의 끝에서 왜인들이 달려오고 있었다. 천류영에게 배를 얻어맞고 쓰러졌던 왜인도 일어나 칼을 빼 들었다.

백운회가 앞으로 걸으며 아직 정신을 차리지 못한 장한의 배를 걷어찼다.

퍼억!

"끄어어억!"

그가 허공을 날아 칼을 빼 든 왜인을 덮쳤다.

백운회의 입술이 열렸다.

"천류영, 함께 놀아 볼까?"

천류영의 얼굴에 희열이 떠올랐다.

고수와의 실전 합격.

능력이 되지 않는 이에겐 아주 위험한 일이다.

기실 천류영은 도적들과 싸우면서 독고설이나 조전후를 비롯해 많은 이들에게 부탁했었다.

하지만 아무도 들어주지 않았다.

왜냐하면 아주 사소한 실수로도 천류영이 위험해질 수 있으니까. 더 나아가 합격을 하는 고수까지 하수를 신경 쓰다가 허망하게 당할 수 있었다.

그렇기에 수련 합격은 해 주었지만, 실전 합격은 한 번도 없었다.

하지만 천마검이라면…… 그 모든 위험을 담아낼 수 있는 인물.

"많은 가르침 부탁드립니다."

백운회는 방금 쓰러진 왜인의 칼을 주워 들고는 흔쾌히 대꾸했다.

"좋아. 네 호흡, 네 움직임에 맞춰 주지."

"저는 찌르기에 강점이 있습니다."

"강점 따위는 잊어라."

"그럼?"

"흐름을 따르는 것이 가장 중요하다. 방금 네가 보여 줬던 것처럼 전체의 흐름을 파악하고, 그 안에서 최적의 동선을 따라 움직여. 그 속에서 자연스럽게 나오는 찌르기가 진짜다."

"아! 그렇군요."

"감탄할 필요 없다. 너는 이미 본능적으로 그렇게 움직이고 있어."

천류영의 입가에 미소가 어렸다.

"그 말 진짭니까?"

"그래. 예전에 나도 지금의 너와 같았으니까. 그리고 또 한 가지 명심할 것!"

"세이경청(洗耳傾聽)하겠습니다."

"일단 움직였으면 추호의 의심도 품지 마라. 네 판단과 네 칼을 믿고 나아가라. 실전에서 최악의 동료는 하수가 아니라 망설이는 자다."

천류영은 숨을 들이마시고 백운회의 끝말을 따라했다.

"실전에서 최악의 동료는 하수가 아니라 망설이는 자! 알겠습니다. 당신을, 그리고 나를 믿고 나아가겠습니다."

"그래, 그거다. 자신과 동료를 믿고 움직여라! 그게 천랑대가 최강의 부대인 이유다."

둘이 나란히 복도를 걸었다. 그러자 뒤에 남은 폭혈도가 민머리를 긁적이며 말했다.

"와! 천 공자, 정말 복 받은 거요."

진짜다.

천마검이 호흡과 움직임에 맞춰 합격을 해 주는 건 어

지간한 기연보다 훨씬 의미가 컸다.

사실 폭혈도 자신을 포함해 천랑오마, 그리고 천랑대의 재능 있는 이들은 천마검에게 이런 기회를 받았었다.

그 경험이 얼마나 엄청난 실력 향상을 가져오는지 이제 천류영도 알게 될 것이리라.

폭혈도는 흥미진진한 얼굴로 나란히 달리기 시작한 둘을 향해 외쳤다.

"뒤는 제가 책임집니다. 마음껏 놀아 보십시오!"

재미있는 구경거리가 생겼다는 표정이었다.

5

두근두근.

심장이 거칠게 약동한다. 그렇게 시작된 맥박이 전신으로 퍼져 나간다.

하지만 호흡은 차분하게.

널찍한 복도.

장정 예닐곱이 나란히 걸을 수 있다. 하지만 칼을 들고 있기에 셋도 불편했다.

탁탁탁탁.

달리는 발이 경쾌하게 바닥을 때린다. 그리고 천류영이 힘껏 도약했다.

나란히 달려오던 왜인들 셋이 아무래도 공간이 협소하다고 판단하고는 가운데가 뒤로 물러났다. 그 찰나에 생긴 틈을 노리고 검을 휘둘렀다.

슈가가각.

두 왜인, 특히 천류영의 칼이 움직이는 방향의 왜인이 움찔하며 눈을 부릅떴다.

한순간의 망설임.

그것이 생사를 가르는 실전에서 불러오는 결과는 하나다.

죽음.

파아앗!

"끄아악."

왜인의 가슴이 갈라지며 피분수와 함께 비명이 허공으로 솟구친다.

그 곁의 동료는 천류영을 노리려다가 천마검을 의식하고 일단 뒤로 물러섰다.

또 한 번의 망설임.

그 심약한 마음속으로 천류영이 칼을 뻗는다.

푸욱!

"컥!"

왜인의 목울대 가운데에 꽂혀 들어갔다가 나오는 검.

방금 뒤로 물러났던 적이 대노해 칼을 뻗었다.

반격은 늦었다. 하지만 수비는 가능하다.

쩡!

칼과 칼이 부딪쳤다가 튕기는 순간 왜인의 눈이 화등잔만 해졌다. 어느새 백운회의 칼이 그의 미간에 박혔다.

"으아아아악!"

천류영은 천마검이 그리 움직일 것을 예상하고 자신의 칼을 오른쪽으로 찔러 넣었다.

천마검에게 당한 왜인이 자빠지자 뒤에 있던 왜인이 황급히 옆으로 피하다가 천류영의 칼에 옆구리를 찔렸다.

"컥!"

그의 몸이 흔들렸다. 그 순간 백운회의 칼에 목이 날아갔다.

천류영은 빙글 한 바퀴 돌고 그 원심력을 이용해 옆의 벽을 발로 찼다.

쓰러지는 왜인들 사이로 노한 얼굴로 튀어나오던 꺽다리가 보였다.

수많은 복도 중 이곳을 관리하는 간부.

천류영이 벽을 차고 사선으로 뻗는 칼을 본 꺽다리의 눈동자가 흔들렸다. 설마하니 벽을 차고 바로 몸을 날릴 줄은 예상하지 못했으니까.

하지만 그는 일류 검객.

황급히 발꿈치로 바닥을 찍어 몸을 기울이고 왜도를 강

하게 후려쳤다.

쩌엉!

천류영의 몸이 흔들렸다. 몸을 날려 중심을 잃은 그에게 꺽다리의 왜도는 강력했고 방향과 시기도 최선이었다. 역시 고수.

하지만 천류영의 눈은 흔들리지 않았다.

지금 자신의 약점은?

꺽다리의 칼이 파고들 확률이 가장 높은 곳은?

계산이 아니다.

이 순간에 계산 따위를 하고 있다간 목이 날아가고 심장이 꿰뚫리며 창자가 찢어진다.

지난 일 년간 무수한 수련을 통해 체득한 것을 본능적으로 끌어내야 하는 것이다. 또한 풍운의 할아버지는 언제나 그런 곳을 놓치지 않고 때리는 데 재미가 들렸던 분이었다.

하도 얻어터지다 보니 나중엔 생각하지 않아도 몸이 절로 반응할 지경이었다.

자신의 옆구리가 위험하다. 그리고 칼은 이미 그곳을 방어하기 위해 나간다.

쨍!

칼과 칼에서 불똥이 튄다.

몇 번 더 막을 순 있다. 그러나 이렇게 누운 자세로

는……. 그 순간 천류영의 몸이 절로 일어났다.

천마검이 그사이에 셋을 제거하고 뒤로 돌면서 천류영의 등에 발을 받쳤다. 그리고 들어 올린 것이다.

예상치 못한 천류영의 기상에 꺽다리의 눈동자가 흔들렸다.

천류영의 머릿속에 또다시 그 단어가 입력됐다.

망설임.

파앗!

"헉!"

꺽다리의 잇새로 기겁성이 터졌다. 그의 신형이 주춤 물러서는 순간 천류영의 시야는 전체를 담았다.

그리고 그의 칼이 꺽다리가 아니라 벽 주변을 후려쳤다.

쇄액!

화르르르.

벽에 걸려 있던 횃불이 싹둑 베어지며 불똥을 흩날렸다. 그리고 그 횃불은 일 장여 뒤로 날아가 꺽다리의 얼굴로 떨어졌다.

하지만 그는 역시 고수.

예상치 못한 공격에도 허리를 젖히고 피했다. 그리고 천류영은 그 순간을 놓치지 않았다. 그는 들고 있던 검을 던졌다.

도박이다.

검을 손에서 떼어 놓다니!

병장기를 목숨처럼 아끼는 이들이 보면 진노할 일이다.

하지만 천류영은 이 순간 어떤 것에도 구속받고 싶지 않았다.

기회가 있었고 망설이다 놓치고 싶지 않았다.

허리를 젖혔던 꺽다리가 다시 상체를 일으키다가 눈을 치켜떴다.

"끄륵."

꺽다리는 천류영을 불신의 표정으로 보았다.

늘 사람을 죽여만 왔지 자신이 이렇게 당할 것이라고는 생각해 본 적이 없었기에.

그것도 하필 입안에 칼이 박히다니.

천류영은 그가 뒤로 자빠지는 순간 이미 그의 곁에 다가가 칼을 빼냈다. 그리고 다시 앞으로 발을 내딛는 순간 동료인 천마검이 눈에 들어왔다.

정확히 말하자면 계속 그를 의식하고 있었다. 함께 싸우는 동료니까.

그런데 어쨌든 천마검은 자신과 비교해, 아니, 비교라는 말조차 어울리지 않는 최고의 고수. 마교가 자랑하는 불세출의 무인이자 살아 있는 전설.

그런 고수를 자신이 도와야 한다는 생각이 벼락처럼 뇌

리를 관통했다.

'가당키나 한 말인가?' 라는 망설임.

그 망설임을 천류영은 머릿속에서 지워 버렸다. 그리고 그것이 가능했던 것은 천마검을 완전히 신뢰했기 때문이었다.

설사 자신이 실수하더라도 천마검은 능히 이겨 낼 것이라는 무조건적인 믿음.

그건 아주 어린 시절부터 자리 잡은 종교와 다름없었다.

그렇기에 천류영은 찰나의 망설임조차 깨끗이 밀어내 버리고 천마검의 옆구리를 세차게 밀었다.

둘의 몸이 기울며 천마검의 머리를 아슬아슬하게 스치며 지나가는 왜검!

그 순간 천류영의 눈이 휘둥그레졌다. 자신은 천마검을 밀었는데 어느 사이에 팔 안쪽 겨드랑이로 그의 팔이 끼어 들어왔다.

부우우웅.

천마검이 허리를 비틀며 자신을 메다꽂았다.

'왜?'

무시무시한 속도에 눈이 감길 뻔했다. 하지만 섬전처럼 지나가는 장면을 보며 검을 찔렀다.

왜 찔렀냐고?

방금 천마검을 노렸던 왜인의 허점이 보였으니까.

푸욱!

검끝에서 전해지는 파육감(波肉感)이 손에 전달됐다. 그리고 왜인의 처절한 비명도.

마지막으로 천류영이 바닥에 떨어져 한 바퀴 구르고는 벌떡 일어났다.

"하아아, 하아아."

거친 호흡이 잇새로 흘러나왔다. 천류영은 방금 자신이 찌른 왜인이 널브러진 모습을 확인하고는 주변을 훑었다.

꾸역꾸역 몰려드는 왜인들.

하지만 그들은 방금 전처럼 다가오지 못했다. 자신들이 상대하기 버거운 자들임을 알았기에.

지금 죽은 자가 꽤나 고수였는지 상당히 곤혹스러워하고 있는 것이 한눈에 보였다.

천류영은 왜인들을 보며 천마검을 곁눈질했다.

"잠깐 쉬는 시간입니까?"

그때 뒤에서 폭혈도가 감탄성을 터트렸다.

"와아아. 이거 참. 믿어야 하는 건가? 정말 일 년밖에 안 됐소?"

"네? 예, 그렇습니다."

"돌아 버리겠네. 일 년 전에 봤으니 안 믿을 수도 없고. 어쨌든 내 복수를 대신 해 줘서 고맙소."

"……?"

"방금 천 공자가 해치운 자가 날 잡아온 기무라는 놈이오. 뭐, 그놈과는 칼 한 번 섞지 않았지만, 어쨌든 고맙소."

천류영은 머쓱한 표정으로 웃고는 천마검을 보았다. 그런데 그가 자신을 바라보는 눈빛에 묘한 미소가 걸려 있었다.

"왜 그러십니까?"

"너…… 뭘 믿고 나를 밀었지?"

"예? 아! 그게…… 죄송합니다. 저도 모르게 그렇게 했습니다."

"훗, 자신도 모르게? 미치겠군."

백운회는 고개를 절레절레 저었다. 그러자 뒤에 있던 폭혈도가 다가오며 말했다.

"천 공자, 긴장하지 마시오. 감탄스러워서 그런 거니까."

"그게 무슨 뜻입니까?"

천류영은 질문을 던지면서도 묘한 위화감을 느꼈다. 왜구들이 꾸역꾸역 몰려들고 있는데도 태평하게 대화나 나누고 있는 자신들이.

폭혈도가 답했다.

"우리 대주님과의 합격에서, 그것도 처음에, 그것도 실전에서 대주님을 건드린 최초의 사람이 천 공자요."

"아! 죄송합니다."

천류영이 뒤통수를 긁적이며 고개를 숙였다. 그러자 백운회가 입을 열었다.

"잘했다."

"······?"

"관태랑도 세 번째에야 내 허점을 막기 위해 날 건드렸다."

그는 폭혈도를 가리키며 말을 이었다.

"저 녀석은 열 몇 번째였더라? 기억도 나지 않아."

폭혈도의 입술이 대자로 나왔다.

천류영은 그제야 자신이 잘못한 것이 아님을 깨닫고는 겸연쩍은 표정으로 웃었다. 그리고 천마검이 허점을 보이기 위해 일부러 그런 상황을 연출했다는 것도 알았다.

"어쨌든 천마검 형님을 실망시켜 드리지 않아서 다행입니다."

백운회는 쓰게 웃고는 대꾸했다.

"네가 지금 얼마나 엄청난 것을 보여 줬는지 아직 모르는군."

"······."

"실전 합격에서 실력이 월등한 동료를 건드리는 건 어느 누구라도 쉽게 할 수 없다. 그걸 단 한 번에 해낸 사람은 내가 아는 한, 한 명밖에 없었어."

천류영은 천마검의 칭찬이 고맙긴 한데 조금은 부담스러워졌다.

사실 자신이 그렇게 할 수 있었던 것은 천마검을 신처럼 절대적으로 믿었기 때문이었다. 자신이 실수하더라도 그는 괜찮을 것이란 절대 믿음.

어쨌든 그 한 명이 누구인지 궁금해졌다.

"그 사람은 누굽니까?"

"나다."

"……."

뭔가 어쩌면 당연한 것 같은데도 피식 웃음이 새어 나왔다. 저 당당한 자화자찬이라니.

다른 사람이 그랬다면 핀잔을 줬겠지만 천마검은 이상하게 당연하다는 생각이 들었다.

"게다가 너를 메다꽂을 때, 엄청난 풍압이 있었을 텐데 찰나의 순간에 그것을 뚫고 칼을 정확하게 찔러 넣은 건…… 그건 정말 반칙이다."

천류영이 배시시 웃었다.

"설마 그것도 형님만 한 번에 해냈습니까?"

"그래."

"……."

"설마 내가 못한 것을 네가 했으리라 생각한 거냐?"

"아니, 뭐, 그건 아닙니다. 그런데 언제 하셨습니까?"

"아주 어렸을 때라 기억도 안 난다."

"……."

백운회는 급 의기소침해진 천류영을 보고 웃다가 중얼거리듯이 말했다.

"나에게 오면 널 오 년 안에 저 폭혈도 수준으로 만들어 줄 수 있다."

무엇과도 바꿀 수 없는 달콤한 유혹.

무인의 꿈인 절정의 경지까지, 겨우 오 년 안에 이르게 해 주겠다는 말에 천류영은 소름이 돋았다. 등줄기로 짜릿한 전율마저 지나갔다.

"설마요?"

"내가 농담이나 할 사람인가?"

"에이, 그래도 저는 내공도 부족하고……."

"네가 방금 보여 준 찌르기라면, 내공은 상대의 공력으로부터 자신을 지킬 수준이면 충분하다. 그 어떤 고수라도 널 태만히 여길 수 없을 거야."

천류영은 자신도 모르게 웃음이 흘러나왔다.

다른 사람도 아닌 천마검이 자신을 인정해 주는 것이 좋았고, 또 그가 지금 공력이 전부가 아니라는, 자신을 지킬 수준이면 된다는 말에 흡족했다.

현재 자신이 익히는 내공은 독고무영 가주가 사사해

준, 심신을 보호하는 데 특화된 호원공(護原功)이었으니까.

천류영이 기분 좋아 어쩔 줄 몰라 하자 백운회가 감탄하던 표정을 지우고 차갑게 말하려다 입을 닫았다.

어떤 경지를 이루기는 어려워도 길을 잃고 헤매거나 무너지는 건 한순간이라는 조언을 삼킨 것이다.

천류영에게 이런 말은 필요 없다는 생각이 든 것이다. 겨우 일 년에 괄목할 성과를 도출시킨 녀석이니까.

"오늘 느낀 것을 잊지 마라. 그 느낌을 항상 간직해."

왜인들이 다시 다가들기 시작했다. 딱 보아하니 믿을 만한 고수가 등장한 것이다.

"명심하겠습니다. 그럼 다시 시작합니까?"

천류영이 눈을 반짝이자 백운회가 혀를 차며 고개를 저었다.

"수업은 여기까지 하지."

"예?"

"여기서 밤샐 생각이냐?"

"……."

"잘 따라와라. 그리고 폭혈도!"

폭혈도가 냉큼 답했다.

"예."

"미래에 대단한 고수가 될 우리 천 공자를 잘 호위하면서 늦지 않게 따라와라."

"알겠습니다."

백운회는 앞으로 걸어가며 말했다.

"어서 가서 술자리를 하자고. 우린 할 얘기가 있잖아."

그 말이 끝나는 순간 천류영은 눈을 화등잔만 하게 떴다.

백운회의 신형이 사라졌다. 아니, 그가 단숨에 왜인 속으로 파고든 것이다.

"끄아아악."

"아아아악!"

비명이 울렸다. 피분수가 사방에서 솟구쳤다. 그리고 왜구들의 사지가 허공을 날았다.

천마검이 그리고 그의 검이 지독하게 빨라 비명과 피분수와 그들의 베어진 육신이 나중에 허공에 뿌려지고 있었다. 이미 천마검은 그들을 지나쳐 훌쩍 앞을 뚫고 있는데 말이다.

폭혈도조차 입을 쩍 벌리고 아연한 얼굴이 되었다.

천류영도 고개를 설레설레 젓고는 이맛살을 찌푸렸다.

"아까 족쇄를 손으로 끊을 때 알았지만…… 사람이 아니에요. 괴물이죠."

"저분이 나의 주군이오! 크허허허."

폭혈도의 쇳소리엔 자부심이 철철 흘러넘쳤다.

천류영은 쓴웃음을 깨물며 중얼거렸다.

"어떤 고수라도 날 업신여기지 못할 거라고요? 천마검 형님 같은 분이 내 앞에 서 있다면 난 오금도 못 펼 겁니다."

그러자 폭혈도가 천류영의 팔을 잡고 앞으로 발을 내디뎠다.

"천 공자. 그런데 왜 우리와 함께하지 않소?"

"예?"

"당신이 오금도 못 펼 우리 주군이 만약…… 나중에 당신과 천하를 두고 자웅을 겨루게 된다면, 그런 상황이 벌어진다면…… 어떨 것 같소?"

"…….."

"진심으로 말하는데…… 그런 상황이 오지 않았으면 좋겠소. 나는 천 공자가 꽤 좋소."

"저도 천마검 형님과 폭혈도 조장님이 좋습니다."

폭혈도의 입가에 미소가 깃들었다. 그러나 서서히 그의 표정이 차가워졌다.

"우리 주군 앞을 막는 것이 있다면 나는 그 누구라도 벨 것이오. 그것이 설사 내가 좋아하는 천 공자라도."

천류영은 왜인들의 시체 사이를 걸으며 침묵하다가 입을 열었다.

"오래전부터 생각한 화두가 있습니다."

"……?"

"영웅이 시대를 만드는가, 아니면 시대가 영웅을 만드는가."

폭혈도가 고개를 돌려 천류영의 옆얼굴을 보았다.

"무슨 말을 하고 싶은 거요?"

"폭혈도 조장님의 말을 들으니 문득 그 말이 떠올랐습니다. 두 의문은 사실 서로 엉켜 있다고 생각합니다. 영웅이 새 시대를 열고, 혼란한 세상은 영웅을 필요로 하니까요."

"……."

"일단 지금을 예로 들어 보죠. 아마 천마검 형님이 강호를 일통한다면 영웅이 시대를 만드는 것이겠지요."

폭혈도의 작은 눈에 기광이 스쳤다.

"천 공자가 승리하면 시대가 영웅을 만드는 것이란 말인가?"

천류영은 한숨을 삼키고 대꾸했다.

"저를 너무 띄워 주시는군요."

"스스로를 과소평가할 필요는 없소."

"진심입니다. 하지만 천마검이라면…… 저는 인정할 겁니다."

폭혈도가 히죽 웃다가 다시 심각한 낯빛으로 물었다.

"말 돌리지 말고 대답해 보시오. 만약 나중에 우리 주군과 천하를 놓고 자웅을 겨룬다면 어떨 것 같소?"

"그런 일이 벌어진다면…… 사실 답은 나와 있습니다."

"……?"

"천마검 형님께 물어보십시오. 아마 그분도 답을 알고 있을 테니까."

"그냥 천 공자가 말해 주면 안 되오?"

천류영이 어깨를 으쓱하고 대꾸했다.

"문제는 어느 시대의 정답이 다른 시대에는 오답이 될 수도 있다는 겁니다. 불멸의 존재가 아닌 인간에게 영원한 진실은 있을 수 없으니까요."

폭혈도가 답답하다는 얼굴로 제 가슴을 쾅쾅 쳤다.

"무슨 선문답이오? 그냥 천 공자의 생각이 이거다라고 얘기 못하오? 그냥 가정인데 뭘 그리 겁내는 거요?"

그의 고집에 결국 천류영이 쓰게 웃고 말했다.

"천마검 형님과 제가 자웅을 겨루게 된다면……."

폭혈도가 침을 꼴깍 삼키고 이어질 말을 기다렸다.

천류영이 벌써 지하 이층으로 올라가는 입구까지 당도한 천마검을 보며 말했다.

"제가 이깁니다."

폭혈도가 발끈하려는 순간 천류영이 계속 말했다.

"그리고 질 겁니다."

"응? 이젠 선문답도 아니고 궤변이오?"

"역사의 수레바퀴는 이미 굴러가기 시작했으니까요. 훗날, 나중에…… 지금 제 말을 기억해 두었다가 꺼내 보십시오. 최후의 싸움이 끝나는 순간, 그리고 몇 년 뒤, 그러면 이해하게 될 겁니다."

폭혈도의 이맛살이 찌푸려졌다. 그러자 천류영이 그의 어깨를 툭 치며 웃었다.

"어쨌든 조장님이 내세운 가정은 별 의미가 없습니다. 천마검 형님이나 저는 앞으로도 위험한 싸움을 적지 않게 치르게 될 겁니다. 언제 죽을지도 모르는데 너무 뒷일을 걱정할 필요가 있겠습니까?"

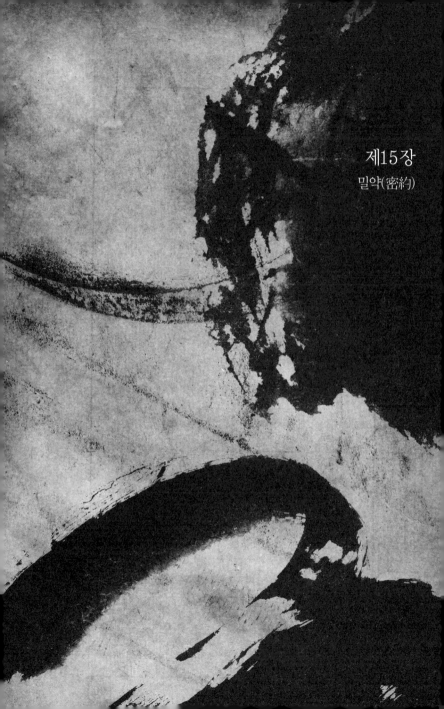

제15장
밀약(密約)

1

일본벌의 부벌주, 스즈키.

쉰다섯의 나이.

쭉 찢어진 눈에서 흘러나오는 매서운 안광과 왼뺨에 새겨진 독사 문신이 그의 인상을 지독히 차갑게 만들었다. 그는 지금 어금니를 강하게 깨물며 터질 듯한 노염을 삼키고 있었다.

항주루의 일층.

반 시진 전까지만 해도 손님으로 넘쳐 났던 이곳은 엉망이 되어 있었다.

멀쩡한 탁자나 의자를 찾아보기 어려울 정도로 대부분

파손되어 있었다.

그는 폐허의 잔해 위에 서 있는 수하들을 한심한 시선으로 훑다가 가장 가까운 곳에 서 있는 중년 사내를 향해 입을 열었다.

"마코토."

호명 받은 중년 사내가 '넷!' 이라는 외침과 함께 부동자세를 취했다. 그는 항주루를 책임지고 있는 인물이었다.

스즈키는 마코토를 차갑게 일견하며 손을 들었다.

짜악!

뺨을 맞은 마코토의 고개가 휙 돌아갔다가 다시 앞을 보았다.

짝, 짝, 짝.

잇따라 따귀 세례가 이어졌다. 마코토의 입술이 터져 붉은 피가 턱으로 흘렀다.

스즈키는 따귀만으로는 성이 차지 않았는지 발길질을 해 댔다.

퍽, 퍽, 퍽, 퍼억.

마코토는 신음을 삼키며 뒤로 자빠졌다가 곧바로 일어나 부동자세를 취했다.

"마코토, 죽고 싶은 게냐? 책임자가 자리를 비우다니!"

"죄송합니다."

"내 너를 아꼈는데 이렇게 실망을 준단 말이냐?"

"죽여 주십시오."

사실 마코토 입장에서는 억울한 면도 없지 않았다. 자신이 항주루의 책임자가 된 지 벌써 십 년.

자신이 자리를 비우는 때는 일 년에 몇 번 되지 않았다. 그런데 가는 날이 장날이라고, 하필 오늘 이런 일이 터지다니!

스즈키는 고개를 숙이는 마코토를 보며 가까스로 살심을 눌렀다.

당장에라도 죽여 버리고 싶은 마음이 굴뚝같았다. 하지만 그는 일본벌에서 다섯 손가락 안에 드는 고수였다. 그런 고수를 쉽게 죽일 수는 없는 법.

스즈키는 고개를 젖히고 장탄식을 뱉었다.

최악이었다.

반 시진 전, 지하에서 소동이 일자 일층으로 뛰쳐나온 많은 고객들이 공포에 질려 비명을 질러 댔고, 전각에 있던 손님조차 이유도 모르고 앞다퉈 항주루를 빠져나가려는 사태가 발생했다.

무질서는 공황을 가져왔다.

엎치락뒤치락하던 이들은 촛불을, 등촉을 건드렸고 곳곳에서 작은 화재가 발생했다.

'불이야!'라는 외침이 필연적으로 뒤따르면서 혼란은 정점으로 치달았다.

그나마 다행이라면 뒤늦게 현장에 나타난 마코토가 침착하게 화재 진압을 지휘하면서 더 큰 화는 막을 수 있었다는 점이었다.

만약 그가 조그만 늦게 나타났더라면 항주루는 거대한 화마에 휩싸여 지금쯤 불타 내리고 있었을 것이다.

스즈키는 마코토를 보며 입술을 깨물다가 말했다.

"겨우 두 놈이라고 했나?"

스즈키의 질문에 마코토는 고개를 조아렸다.

"예, 그렇게 들었습니다."

마코토는 대답을 하고 나니 스스로 생각해도 한심하기 그지없었다. 그래서 몇 마디를 덧붙였다.

"두 놈이 침입했고, 그들은 기무라가 잡아 온 대머리를 구한 다음, 함께…… 손님들 사이로 스며들어 빠져나간 것이라 추정됩니다."

스즈키는 이를 바드득 갈았다.

도무지 화가 삭여지지 않았다.

가뜩이나 일본 전장에서 비밀 장부가 도난당한 일로 내부가 발칵 뒤집혀진 상태였다. 그런데 연이어 이런 일이 발생하다니!

물론 비밀 장부를 훔쳐 낸 놈은 닌자들이 잡아 올 것이다.

하지만 항주루의 지하에서 학살극을 벌인 그 간 큰 놈

들은 고객들과 뒤섞여 유유히 빠져나갔다.

스즈키가 마코토를 보며 차갑게 말했다.

"큰 화재로 번지는 것을 막은 것은 칭찬해 주마."

"……."

"하지만 그 정도는, 간부라면 누구나 할 수 있는 당연한 일이다."

"알고 있습니다. 반드시 그놈들을 잡겠습니다."

스즈키의 검미가 꿈틀거렸다.

"어떻게?"

"지하로 들어가기 전, 한 사내는 방립을 써서 인상착의를 파악할 수 없었습니다. 하지만 다른 사내의 얼굴은 아삼이라는 점소이가 확실하게 보았습니다. 또한 기무라가 잡았던 대머리 놈의 얼굴도 알고 있습니다. 용모파기를 작성하라고 지시를 내렸으니……."

스즈키는 한심하다는 표정으로 마코토의 말허리를 끊었다.

"그놈들은 지금쯤 죽어라 항주 밖으로 도망가고 있을 것이다. 그런데 이제야 용모파기를 작성하고 그들을 수소문하며 쫓는다 한들 잡을 수 있다고 생각하느냐?"

"……."

"그놈들을 잡기 위해 본 벌을 총동원이라도 하겠다는 게냐?"

마코토가 주춤하며 말을 더듬었다.

"그, 그건…… 제 측근 열 명만 허락해 주십시오. 세상 끝까지라도 추적하겠습니다."

마코토의 말에 스즈키는 가슴이 더 답답해졌다.

"이 멍청한 놈!"

"……."

"비록 너와 네 측근들이 자리를 비웠다고는 하지만, 놈들은 지하에 있던 팔십의 수하를 도륙한 실력자들이다. 네 실력을 의심하는 건 아니지만, 겨우 열 명의 수하를 데려가 봐야…… 오히려 네가 당할 수도 있단 뜻이다."

"저를 믿어 주십시오. 반드시 놈들을 제 손으로 잡아오겠습니다."

스즈키는 더 이상 들을 가치도 없다는 얼굴로 힐난했다.

"고작 열 명을 데리고 어떻게 추적하겠다는 거야? 어디로 갔는지 방향조차 모르면서!"

스즈키의 분노에 마코토가 눈을 빛내며 말했다.

"항주 밖으로 도망치지 않았을지도 모릅니다. 우리 애들을 도륙할 정도의 실력자라면…… 무림맹이나 사오주의 인물일 확률이 큽니다. 그쪽의 인사들을 중심으로 대머리와……."

스즈키가 다시 그의 말을 끊었다.

"네 머리는, 칼솜씨에 비해 초라하구나."

"예?"

"기무라가 데려왔던 대머리가 무림맹이나 사오주의 인물이라고 생각하는 게냐?"

"아!"

마코토는 낮게 탄식하고는 다시 고개를 숙였다.

그 대머리가 무림맹이나 사오주의 사람이었다면 그렇게 거지꼴로 탈진했을 리 만무하다.

또한 그 대머리와 침입자들은 상당한 실력자였다.

그런 고수들이라면 무림맹 절강 분타나 사오주 절강 지부의 고위직일 터, 굳이 이런 소동을 벌이지 않고도 협상을 통해 대머리를 빼냈으리라!

"제 생각이 짧았습니다."

스즈키는 노골적으로 혀를 차고는 말했다.

"당분간은 경계를 강화해라. 놈들이 항주를 빠져나갔다면 어쩔 수 없는 일이지만…… 혹시 그렇지 않다면 복수할 기회가 올 테니까."

"예."

그때 지하에서 동료의 시신을 수습하던 한 왜인이 올라와 황급히 스즈키에게 다가왔다.

그는 스즈키를 향해 허리를 직각으로 굽혔다가 펴고는 손에 들고 있는 것을 내밀었다.

"이것을 봐 주십시오."

스즈키가 시큰둥한 어조로 물었다.

"그게 무어냐?"

"대머리가 차고 있던 족쇄입니다."

스즈키는 족쇄를 받아 들면서 이따위 쇳조각을 왜 가져오냐고 물으려다가 눈을 부릅떴다.

"이, 이건?"

"예, 열쇠로 푼 것이 아닙니다. 도구를 이용한 것도 아닙니다."

"음……."

"강력한 힘에 의해 종잇장처럼 단숨에 찢겨 나갔습니다."

스즈키는 숨을 들이켜며 족쇄의 잘린 면을 손가락으로 쓰다듬다가 물었다.

"사람이…… 이런 힘을 가질 수 있나?"

대답이 없었다. 그건 불가능하다고 여기기에.

하지만 눈앞에 보이는 족쇄는 그것이 가능하다고 말하고 있었다.

스즈키가 눈을 빛냈다.

"혼자서는 불가능하지. 하지만 타고난 신력을 가진 두 놈이 전 공력을 다해 힘을 합쳤다면?"

왜인들은 그래도 어렵지 않겠냐는 생각이었다. 하지만

분명 아까보다는 가능성이 높아졌다.

아무도 말이 없는 가운데 스즈키의 독백 같은 말이 이어졌다.

"아무래도 우리는 엄청난 괴물들을 건드린 것 같군. 그리고 이 정도의 괴물들이라면……."

그는 잠시 말을 끌다가 이었다.

"항주 밖으로 도망가지 않았을 수도 있겠어."

마코토가 말을 받았다.

"그 말씀은…… 놈들이 다시 올 수도 있다는 뜻입니까?"

스즈키의 입가에 비릿한 미소가 퍼졌다. 그러자 왼뺨에 새겨진 독사 문신이 꿈틀거리며 더욱 잔인한 표정을 만들었다.

"이 정도의 강자들이라면 그럴 공산이 있다. 가능성이 높다고는 말할 수 없겠지만…… 그럴 수도 있겠어."

"……."

"이번엔 동료를 구하려고 어쩔 수 없이 왔지만, 생각보다 우리 수준이 떨어진다는 느낌을 받았겠지. 그렇다면…… 적당한 곳을 노려 본 벌을 다시 기습할 수도 있다."

이번에는 동료를 빼내려는 것이 아니라 재물을 노릴 것이리라. 일본벌이 돈을 긁어모으는 냄새를 맡았을 테니까.

마코토의 얼굴에 처음으로 미소가 떠올랐다.

"제발 그랬으면 좋겠습니다. 아무리 신력을 가진 놈들이라도 칼로 쑤시면 죽는 건 마찬가지니까요."

우울한 얼굴로 서 있던 왜인들이 모두 고개를 끄덕이며 살기 어린 눈빛을 지었다. 기실 침입자들이 강하다고는 하나 운도 좋았다.

항주루의 진짜 고수들 중 상당수는 마코토를 따라 근처의 신장개업한 주루에서 회식을 하느라 빠져 있었기 때문이었다.

스즈키가 마코토를 향해 명을 내렸다.

"경계를 강화하는 정도가 아니라, 이 시간 이후로 최고비상령을 발동한다. 노다케 별주님께는 내가 허락을 받을 테니 미리 준비하도록."

"옛!"

"은밀하게 움직여라. 겉으로는 평상시와 다름없어야해. 그래야 놈들이 다시 올 확률이 높아진다."

"명심하겠습니다."

*　　　　*　　　　*

어두운 골목길을 따라 이동하며 백운회가 말했다.

"이번 일로 일본벌의 경계가 강화되는 건 피할 수 없을 거다. 너는 내가 돕는다면 그 정도는 감수하겠다고 말했지만, 내가 일본벌의 사업장을 공략하는 데 모두 관여할 수는 없어. 기껏해야 서너 곳이겠지."

이미 항주루의 지하에서 잠깐 나눴던 대화다. 천류영이 어깨를 으쓱하고 대꾸했다.

"알고 있습니다."

"후회하지 않나?"

천류영은 좁은 골목길을 잠시 말없이 걷다가 입을 열었다.

"너무 쉽게 승리하면 그 가치가 퇴색합니다. 우리에게도 어느 정도의 희생은 불가피합니다."

그의 말이 의외였을까?

백운회는 묘한 미소를 머금고 고개를 주억거렸다.

"그렇긴 하지. 그런데 말이야. 왠지 그것만이 아닌 것 같아서 말이지. 진짜 자네 속내는 일본벌이 경계를 강화해 주길 바라는 것 같군."

나란히 걷고 있는 그들의 바로 뒤를 따르던 폭혈도가 끼어들었다.

"에이, 대주님, 설마 그럴 리가 있겠습니까? 저를 구하려다 보니 어쩔 수 없이 상황이 꼬여서 그렇게 말해 주는 거겠지요. 안 그렇소? 천 공자."

이번엔 천류영이 묘한 미소를 입가에 떠올렸다. 옆에서

걷던 백운회가 흘낏 그 미소를 보고는 말했다.

"역시 그랬군."

천류영이 귀밑머리를 긁적였다.

"어떻게 아셨습니까?"

"네가 족쇄를 챙기지 않았을 때부터 의아했지."

천류영이 목을 젖히고 소리 없이 웃고 말했다.

"역시 형님은 속이지 못하겠군요."

둘의 말에 폭혈도가 고개를 갸웃거렸다.

"대체 무슨 말을 하는 겁니까? 저 답답해 숨넘어가겠습니다."

백운회가 먼저 고개를 끄덕이며 말했다.

"이 녀석은 일본벌의 왜적들을 한 놈도 남김없이 쓸어 버리려는 거야. 무서운 놈이야. 허 참."

폭혈도는 작은 눈을 껌뻑거렸다. 그러자 천류영이 고개를 뒤로 돌려 추가로 설명해 주었다.

"비상 경계령이 떨어지면 휴가 중인 자들이나 개인 숙소에 머물고 있는 자, 그리고 왜구에 협력하는 친왜파(親倭派) 놈들도 사업장에 모일 수밖에 없지요."

그제야 폭혈도가 자신의 민머리를 손으로 툭 치며 나직한 탄성을 흘렸다.

"아! 우리 대주님 말씀대로 쓰레기들을 모조리 쓸어버리겠다?"

"예. 여기저기 빠져나가 있던 왜인들이나 친왜파는 일본벌이 무너지면 필시 민가에 숨어들 공산이 큽니다. 그렇게 되면 그들의 횡포를 고스란히 백성들이 당해야 할 테니까요."

"허! 그런 작은 것까지……."

"장난으로 던진 돌멩이에 개구리는 죽는다는 말이 있습니다. 우리가 놓친 왜인들이 어떤 잔인한 짓을 저지를지 누가 알겠습니까?"

"그건 그렇소."

"애초에 잡을 수 없는 놈들이라면 모르겠지만 천마검 형님과 폭혈도 조장 덕분에 기회가 생겼으니 제대로 우려먹어야죠."

"크허허허. 대단하구려. 그 순간에 이런 것까지 생각하고. 역시 천 공자요."

폭혈도는 고개를 절레절레 젓다가 천류영의 뒷모습을 보았다.

민심이 천심이라며, 가장 중요한 것은 민초들의 마음을 얻는 것이라던 대주님과 천류영은 지독하게 닮아 있었다.

문득 천류영이 아까 했던 말이 떠올랐다.

같은 방향을 향해서 나란히 달려가는 운명의 수레바퀴.

지금 그리고 어쩌면 당분간은 그렇게 동행하겠지만 결국 각자가 가려는 길로 갈라질 것이다.

그때는 한쪽 바퀴가 다른 바퀴를 힘으로 끌고 가거나 다른 한쪽이 양보해야 한다.

대주님은?

그리고 친류영은 그때 어떤 선택을 할까?

폭혈도는 쓴웃음을 삼키며 조용히 한숨을 뱉었다.

천류영의 말마따나 앞으로 넘어야 할 산들이 얼마나 많은가?

나중에 천류영과 엇갈리는 상황이 오면, 자신은 주군인 천마검의 선택을 따르면 될 일이었다.

그들은 마침내 환락로의 끝자락에 위치한 하오문 분타에 다다랐다.

골목의 후문에서 화톳불 곁에 앉아 있던 하오문도 하나가 백운회 일행을 보고는 자리에서 일어났다.

그 곁에는 초조하게 서 있던 간조한이 백운회를 향해 달려왔다.

"주군. 오셨습니까?"

폭혈도가 만면에 웃음을 지으며 입을 열었다.

"어? 이게 누구야? 개눈깔! 오랜만이다, 오랜만이야!"

간조한도 미소로 말했다.

"일조장님. 고초는 없으셨습니까?"

폭혈도가 대답하려는 순간, 정작 질문을 던진 간조한의 고개는 천류영을 향해 이미 돌아간 후였다.

"조금만 늦었으면 큰일 날 뻔했습니다. 급한 일이 있습니다."

천류영이 의아한 얼굴로 답했다.

"저에게 하시는 말씀입니까?"

"예, 아까 항주루에서 나오신 영능후라는 분……."

천류영은 간조한의 얼굴에 어린 초조함을 읽고는 그의 말을 끊었다.

"급한 일인 것 같은데, 무슨 일이라도?"

"만나기로 했던 분에게 문제가 생겼습니다."

천류영의 얼굴이 딱딱하게 굳었다. 천류영이 뭐라고 묻기도 전에 간조한이 그의 소매를 잡아끌었다.

사실 그건 대단히 무례한 행동이었다. 하지만 그만큼 시간이 없다는 뜻이기도 했다.

"대체 무슨 일입니까?"

간조한은 하오문도가 뒷문을 열자 천류영에게 말했다.

"어서 들어가십시오."

얼떨결에 앞장선 천류영의 눈앞에 잘 꾸며진 정원이 펼쳐졌다. 그리고 그 가운데 위치한 정자에 몇 명의 사람들이 보였다.

"아!"

천류영은 정자 밑에 서 있는 사람들 중 위충을 발견하고는 반색했다.

하지만 그가 채 문턱을 넘기도 전에 뾰족한 여인의 목소리가 귀에 박혔다.

"아무리 그분과 막역한 사람의 지인이라고 해도 더 이상은 안 됩니다. 그러니 당장 여길 떠나세요!"

2

천류영을 따라 뒷문을 들어서던 백운회는 피식 웃었다. 무슨 일인지는 몰라도 여인의 음성엔 가시가 돋쳐 있었다.

그녀는 이미 자신이 뒷문으로 후원에 들어서는 것을 알고 있었다.

그럼에도 저런 얘기를 제법 큰 소리로 말하는 것은 들으라고 하는 것이다.

이만큼 배려하고 있다고.

그녀는 후원을 가로질러 오는 일행을 보고는 천마검에게 시선을 주었다.

"삼경에 오신다더니 조금 늦었군요."

백운회가 담담하게 대꾸했다.

"알다시피 일이 생겨서. 그리고 옥패는 고마웠소."

"옥패는 그러려니 해요. 하지만 이건 아니죠."

잠깐 누그러졌던 그녀의 음성이 다시 까칠해졌다. 백운회가 무슨 의미냐고 고개를 갸웃거리자 간조한이 입을 열었다.

"저 위충이라는 사람이 닌자에게 쫓기고 있습니다."

"닌자?"

간조한이 고개를 끄덕이며 최대한 짤막하게 상황을 요약했다. 그 얘기가 끝났을 때 일행은 정자 앞에 다다랐다.

위충이 다가오는 천류영을 보면서 복잡한 표정으로 서 있다가 읍했다.

"죄송합니다. 알아서 떠나려고 했는데……."

그의 곁에 있던 영능후가 무거운 목소리로 말꼬리를 받았다.

"제가 마혈을 짚어서 억지로 잡았습니다. 이 친구는 주군의 명을 시행하다가 이 지경이 되었으니……."

차마 말을 잇지 못했다.

하지만 죽마고우가 쫓기다 죽게 될 위험에 처했으니 도와달라는 간절함이 물씬 풍겼다. 부디 잔인하게 떠나 보내지 말라는 간곡함이 담겨 있었다.

물론 장수란 대를 위해 소를 희생시켜야 할 때가 있다는 것을 안다.

만약 위충이 죽마고우가 아녔다면 자신도 그런 선택을 했으리라!

그렇기에 천류영이 잔인한 선택을 하더라도 머리로는 이해할 수 있었다.

천류영은 목면 천이 둘러매진 위충의 허리와 아랫배를 보며 걱정스러운 얼굴로 말했다.

"심하게 다치신 겁니까?"

위충이 기분 좋은 웃음을 흘리며 고개를 저었다. 상황이 급한 데도 불구하고 자신을 살뜰히 챙겨 주는 천류영의 모습이 기꺼웠다.

"괜찮습니다, 주군. 이것이 주군께 폐라는 것을 알면서도…… 결국 이렇게 된 거 얼굴이라도 한 번 뵙고 싶어서 기다렸습니다."

그 말에 천류영이 눈을 동그랗게 떴다.

"그게 무슨 말씀이십니까? 곁에서 오래오래 저를 이끌고 도와주셔야지요."

"허허허."

위충은 흡족하게 웃었다. 말만으로도 기분이 좋아졌다.

그러자 영능후가 책자를 내밀었다.

"이 친구가 목숨을 걸고 빼내 온 일본벌의 비밀 장부입니다. 대충 훑어봤는데 아주 작은 사업장까지……."

그의 말을 정자 위에 있는 수혼풍월이 끊었다. 천마검과 함께 나타난 애송이의 목소리가 무척이나 달콤하다고 느끼면서.

"지금 그런 담소나 나누고 있을 땐가요? 닌자들이 이곳에 들이닥치면……."

그녀의 말꼬리를 백운회가 삼켰다.

"그럼 내가 처리하지."

"……."

수혼풍월은 붉은 입술을 꾹 깨물었다.

지금 그녀의 복장은 어제와 비슷했다. 천으로 칭칭 둘러져 몸의 굴곡이 고스란히 드러났다.

어젯밤과 차이가 있다면 천이 붉은색에서 보라색으로 바뀐 것뿐.

어쨌든 백운회의 말에 위충과 영능후마저 눈을 치켜뜨고 그를 주시했다.

수혼풍월이 백운회에게 시선을 고정하고 말했다.

"당신이 강한 건 잘 알아요. 그렇다고 이렇게 무례하면 안 되죠. 동업자에 대한 최소한의 배려는 해 주어야 하는 것 아닌가요?"

"내가 무례했나?"

"당신은 곧 동료를 찾아 떠나겠지만 본 문은 이곳에 남아야 해요. 당신이 닌자를 처리해도 일본벌과 왜구는 우리를 죽이려고 혈안이 될 거예요."

백운회는 쓴웃음을 삼켰다.

곧 천류영이 일본벌을 칠 것이고, 그다음은 왜구를 노린다. 하지만 지금 그것을 이 여인에게 말해도 될까?

그가 잠깐 고민하는 사이에 천류영이 불쑥 끼어들었다.

"죄송하지만, 왜 이런 일로 서로 감정 낭비를 하는지 모르겠습니다. 시간이 촉박한 것 아닙니까?"

수혼풍월이 고개를 끄덕이며 천류영에게 시선을 이동했다. 다시 들어도 이 청년의 목소리는 참 듣기 좋았다.

그러나 목소리 따위에 홀려 구렁텅이로 빠질 수는 없었다.

"맞아요. 그러니 당신은 그 수하를 한 번 안아 주고 수고했다고 토닥여 주세요. 그리고 명을 내리세요. 멀리 떠나라고……."

천류영이 더 이상 그녀의 말을 들어 줄 시간이 없다는 표정으로 말을 끊었다.

"이곳은 하오문의 분타라고 들었습니다."

여인의 눈살이 찌푸려졌다.

"그런데요? 저희에게 협과 희생을 바라는 건가요? 아시겠지만 우리는 사파예요. 이익을 좇는……."

이번엔 백운회가 끼어들어 그녀를 향해 말했다.

"수혼풍월, 급한 것 아니었나? 이 친구 말을 좀 들어 주라고. 자네가 그리 말을 막아서야 시간만 잡아먹을 뿐이야."

그녀가 어이없어 입술을 깨무는 사이 백운회가 천류영에게 고개를 돌렸다.

"나, 추적자, 그리고 제삼자. 셋 중에 어느 것인가?"

천류영만 빼고 모두가 어리둥절해졌다.

천마검은 지금 대체 무슨 말을 하는 것인가.

그런데 천류영은 그 물음의 의미를 간파했다는 듯이 어깨를 으쓱하고 답했다.

"형님은 저와 술자리를 해야 하고, 제삼자를 이용하는 건 위충께서 위험합니다."

분명 다른 나라 말도 아닌데 듣는 사람은 머리가 어지러워졌다. 이 일을 해결하는 방법이 세 개나 있단 말인가.

백운회는 역시란 표정으로 고개를 끄덕이고는 말을 받았다.

"그렇군. 하긴 두 번째 방법이 제일 편하긴 하지. 골탕도 먹이고. 하지만 나라면 세 번째를 써먹을 거야."

천류영은 '예. 무정한 형님이라면요'라고 짤막하게 받아치고는 수혼풍월을 향해 말을 이었다.

"하오문 분타이니 다양한 독을 갖추고 있겠지요?"

그녀는 멍한 표정으로 있다가 말을 받았다.

"예? 그야 당연히……."

"이분이 뒤집어쓴 천리미향도?"

수혼풍월이 떨떠름한 얼굴로 고개를 끄덕였다.

"우리야 정보를 주로 다루는 곳이니 당연히 사람을 찾거나 추적해야 할 때가 많고……."

"당장 사람을 시켜 천리미향을 가지고 환락로의 대로로

나가라 명하십시오. 지금 수많은 취객들이 거리를 배회하고 있으니 그들의 등에 슬쩍 묻히십시오."

"……!"

"지나가는 개도 좋고 도둑고양이도 좋습니다. 움직이는 모든 것에 묻히십시오. 많으면 많을수록 좋습니다."

"아!"

백운회를 제외한 다른 이들이 자신도 모르게 나직한 탄성을 뱉었다.

천리미향을 이용한 추적술은 결국 냄새를 맡고 쫓는 것이다. 그런데 천리미향이 사방에 퍼트려진다면?

추적자는 갈피를 잡을 수 없게 된다.

백운회가 미소로 중얼거리듯이 설명해 주었다.

"이열치열(以熱治熱)이고, 이독제독이지. 천리미향이 추적술에 쓰인다는 고정관념을 천리미향으로 망가뜨린다. 후후후."

폭혈도가 감탄하면서도 안타까운 낯빛으로 속삭였다.

"아, 정말이지…… 천 공자를 갖고 싶은데, 대주님이 억지로라도 가지시면 안 되겠습니까?"

"그럴 수 있는 놈이라면 벌써 그랬지."

영능후도 위충을 보며 기쁜 얼굴로 말을 건넸다.

"거 보게. 주군을 뵈어야 한다고 그랬잖나?"

"허허허. 이것 참. 정말 살길이 열릴 줄은……."

위충은 자신이 살 수 있다는 것에 기뻤다. 그리고 그것보다 더 기쁜 것이 있었다. 앞으로도 계속 천류영과 함께 나아갈 수 있다는 것이 행복했다.

이렇게 위충과 영능후가 우려했던 천류영의 잔인한 선택은 물거품처럼 사라져 버렸다.

그들이 낮게 대화를 나누는 사이 천류영은 멍한 표정의 수혼풍월을 재촉했다.

"시간이 없다고 하시지 않으셨습니까?"

"아, 알았어요. 바로 시행하죠."

그녀는 자신의 옆에 서 있던 수하에게 즉시 명을 내렸다. 그리고 그 수하가 나는 듯이 전각으로 움직이자 자신도 모르게 한숨을 흘렸다.

생각해 보니 너무 어처구니없을 정도로 쉬운 해결책이 있었다. 그런데 천마검의 말마따나 고정관념에 얽매여 그것을 보지 못한 것이다.

수혼풍월은 자책하면서 잇따라 한숨을 뱉었다. 많은 추적자들이 천리미향을 즐겨 사용한다.

하지만 앞으로는 이런 추적이 무의미해지는 날이 곧 오리라.

그녀는 천천히 천류영을 살펴보았다.

천마검처럼 절세의 미남자가 아닌 평범하게 생긴 얼굴이다. 그러나 이제는 그가 결코 평범하게 보이지 않았다.

그는 위충이란 초로인의 상처를 살피고 괜찮냐며 연신 걱정을 하고 있었다.

"당신은……."

약간 큰 목소리가 그녀의 입에서 흘러나왔다. 그러자 사람들의 시선이 그녀를 향했다.

하지만 그녀는 천류영에게 시선을 못 박고 물었다.

"누구시죠?"

천류영은 귀밑머리를 긁적거리며 백운회를 보았다. 그러자 백운회가 하얗게 웃으며 고개를 주억거렸다.

"이 여인에게 나는 또 하나의 동아줄이지. 그러니 내가 죽기 전이라면 믿어도 될 거야."

그 말은 또 하나의 질문을 담고 있었다.

자신이 재기에 성공해 하오문의 동아줄이 될 거라 믿는다면, 신뢰해도 좋다는 말이다.

즉, 천류영이 천마검의 앞날을 어떻게 생각하느냐는 물음이기도 했다.

천류영이 소리 없이 빙그레 웃었다. 그리고 다시 정자 위 여인을 보고 입을 열었다.

"천류영입니다."

참으로 듣기 좋은 음성.

수혼풍월의 얼굴이 빠른 표정 변화를 일으켰다.

경악!

무림서생이다!

절강의 신임 분타주!

정파에서 가장 뜨거운 감자인 그가 천마검과 함께 있다니!

보고도 믿기 어려웠다. 그래서 그녀는 또 질문을 던졌다.

"무림서생인가요?"

혹시 동명이인(同名異人)일지도 모르기에. 하지만 이미 그녀의 머릿속은 동일인이라고 결론을 내리고 있었다.

스물 중반으로 보이는, 명석한 두뇌를 가진 청년, 그리고 기분을 좋게 만드는 중저음의 달달한 목소리.

천류영은 어깨를 으쓱하고 답했다.

"사람들이 그렇게 부르더군요."

"……."

"제가 이 형님과 함께 있어서 놀라셨습니까?"

그녀는 관자놀이를 꾹꾹 누르며 억지로 미소 지었다.

"조, 조금요. 사실 누가 보아도 안 어울리는 조합이잖아요?"

그 말에 백운회와 천류영이 서로 마주 보았다. 그리고 동시에 싱긋 웃었다.

그 광경에 수혼풍월은 한숨을 삼켰다.

분명 어울리지 않는 조합이다. 그런데…… 무척 잘 어

울렸다.

그리고 그녀는 생각했다.

지금 자신에게 새로운 동아줄을 잡을 기회가 온 거라고.

난세에 세 개의 동아줄이라.

왠지 마음이 든든해지는 기분이었다.

그때 모두가 궁금해하던 질문을 간조한이 했다.

"그런데 다른 두 가지 방법도 있다 하심은?"

백운회가 별것 아니라는 어투로 말했다.

"내가 저 위충이라는 자를 데리고 인적 없는 곳으로 가면 된다. 그곳에서 닌자들을 기다리다가 맞이해 처리하면 되지. 즉, 함정을 파고 추적자들을 기다리는 방법이다."

간조한은 손뼉까지 치며 탄성을 흘렸다.

"아! 그렇군요. 주군을 이용한다는 말씀은 그런 뜻이었군요."

수혼풍월이 물었다. 자존심이 상하긴 했지만 호기심이 앞섰다.

"제삼자를 이용한다는 건 무슨 뜻이죠?"

그 질문은 천류영이 답했다.

"위충 무사께서 사오주 절강 지부로 가는 겁니다."

그녀의 눈이 화등잔만 해졌다.

"사오주로요?"

그녀뿐만 아니라 여럿이 놀라 천류영을 주시했다.

천류영 역시 백운회처럼 별것 아니라는 어투로 말했다.

"예, 일종의 거짓 투항이죠. 어쨌든 닌자들은 사오주 절강 지부까지 추적하고는 난감해질 겁니다. 그것을 제가 잘만 활용하면 일본벌과 사오주 사이를 나쁘게 만들 수 있는 장점이 있지요. 하지만 아까 말했듯이 위충 무사께서 그곳에서 빠져나오기 어렵다는 위험이 있습니다."

백운회가 쓴웃음으로 받아쳤다.

"그 정도 위험은 감수해야지."

"부상을 당했습니다. 그리고 지금까지 위험을 무릅쓰고 어려운 일을 훌륭하게 해 주셨어요."

"너는 아직 무르구나."

"그게 아니라 굳이 그럴 필요가 없기 때문입니다. 또한 위충 무사께서 사오주에 들어가서 해야 할 일을 지금 논하기에는 시간이 부족하지 않습니까?"

옥신각신 논쟁하는 것 같지만 둘의 입가에는 여전히 미소가 머물렀다.

그런 둘의 모습을 지켜보던 사람들이 나직한 한숨을 내쉬었다. 특히나 수혼풍월은 아연한 얼굴로 입술을 짓이겼다.

대체 이 두 남자…… 뭔가?

서로 상의도 없이 절묘한 해결책을, 그것도 동시에 세

개나 생각해 내는 이 인간들은 뭔가?

게다가 이심전심으로 서로가 서로의 마음을 간파하고 이해한다.

'괴물들이야.'

수혼풍월은 자신도 모르게 실소를 흘리며 고개를 저었다.

천마검과 무림서생.

이 두 남자…… 만약 서로 힘을 합친다면 왠지 그 어떤 불가능한 일도 손쉽게 해결할 것 같다는 생각에 몸이 떨렸다.

그녀의 가슴에 욕심이 일었다. 천마검과는 모종의 밀약을 맺었다. 그것을 무림서생과도 맺고 싶어졌다.

*　　　　*　　　　*

야아옹.

검은 도둑고양이가 애처롭게 울었다. 노랑과 녹색이 뒤섞인 눈동자는 죽음을 직감했는지 이리저리 흔들렸다.

파직.

복면인의 손에 잡힌 고양이가 힘없이 축 늘어졌다.

깜깜한 골목길에 있던 그는 이를 갈며 고양이를 팽개쳤다.

"감히 우리를 농락하다니."

벌써 몇 번이나 허탕을 쳤던가?

좁은 골목길에 빽빽이 들어찬 복면인들이 분노와 모욕
감에 전신을 떨었다.

후각이 남달라 천리미향을 쫓던 닌자가 고개를 조아렸
다.

"죄송합니다."

고양이를 단숨에 죽인 복면인들의 수장이 고개를 젖히
고 까만 하늘을 올려다보았다.

"네 잘못이 아니다."

"……."

"지금도 마찬가지인가?"

"예. 사방에서 천리미향이 진동하고 있습니다."

"크크큭. 많이도 뿌렸군."

"계속 추적합니까? 방금 아주 가까이에서……."

수장 복면인이 수하의 말허리를 끊었다.

"또 짐승이나 취객이 걸리겠지."

"……."

"이만하면 됐다. 어차피…… 틀렸다."

하늘을 보던 그는 어금니를 깨물며 터져 나올 것 같은
살심을 억눌렀다. 그리고 아직 정체를 알 수 없는 그 누군
가를 향해 혼잣말했다.

"이런 잔꾀를 부리는 네놈은 누구냐? 우리에게 이런 굴욕과 무력감을 안긴 네놈은 누구란 말이냐?"

그를 잡을 수만 있다면 사지를 찢어 버리고 싶었다. 문제는 그의 행방은커녕 정체도 알 수 없다는 점이었다.

입에서 나오는 건 욕설과 한숨뿐이었다.

그는 그렇게 한참을 말없이 서 있다가 입을 열었다.

"철수한다."

서른 닌자들의 어깨가 힘없이 축 처졌다.

3

어젯밤 백운회와 수혼풍월이 만났던 자리.

긴 탁자 위로 커다란 항주의 지도가 펼쳐졌다.

천류영은 위충이 목숨을 걸고 빼내 온 비밀 장부를 한 장 한 장 넘기면서 일본벌의 사업장 위치를 하나씩 붓으로 점찍었다.

지금 지하 내실엔 그와 백운회, 그리고 수혼풍월만이 자리했다.

탁자의 중앙에 서서 일에 열중하던 천류영이 입을 열었다.

"구위 사범을 정말 데려오실 수 있습니까?"

오른쪽 끝에 앉아 있는 그녀가 고개를 주억거리며 호기

롭게 답했다.

"천 분타주께서 그렇게 자세히 인상착의를 설명해 줬는데도 모르고 지나친다면, 그런 무능한 수하는 모가지를 쳐야지요."

그 말에 천류영이 당황하며 그녀를 빤히 쳐다보았다.

"농담이시죠?"

수혼풍월이 싱긋 웃고 답했다.

"당연하죠. 염려 말라는 뜻이었어요."

천류영은 어색한 미소로 고개를 주억거렸다. 그는 다시 책과 지도의 위치를 비교, 확인하며 물었다.

"이곳의 분타주시라고 들었습니다."

"그래요."

그 말이 떨어지기 무섭게 왼쪽 끝에 앉은, 인피면구를 벗고 제 얼굴을 찾은 백운회가 묘한 미소를 머금으며 말했다.

"천류영. 너는 저 말을 믿나?"

그 물음에 천류영이 허리를 펴고 붓을 내려놓았다. 그리고 백운회를 보며 빙그레 웃었다.

"설마요."

"후후후, 역시."

"하지만 믿어 주는 척해야지 별수 있나요?"

두 사내의 대화에 그녀가 발끈했다.

"지금 무슨 말을 하는 거죠? 함께 배를 타기로 했으면 믿어야죠!"

그러자 천류영이 의아한 표정으로 고개를 돌려 여인을 보았다.

"거짓말까지 믿을 수는 없지 않습니까? 하지만 사정이 있을 거라고 이해는 하고 있습니다."

그녀의 눈가가 잘게 떨렸다. 하지만 태연한 표정으로 물었다.

"대체 무슨 근거로 거짓말이라고 하는 거죠?"

천류영은 귀밑머리를 긁적이며 소리 없이 웃고 말했다.

"저도 명색이 분타주니 당신을 평가절하하고 싶지는 않습니다. 실제로 분타주의 권한이 상당하다는 것도 인정해요."

"그런데 왜 제 말을 믿지 못하는 건데요?"

"아무리 그래도…… 일개 분타주예요. 마교의 살아 있는 전설인 천마검과 동행한다는 결정을 독단적으로 내릴 수 있을까요? 사문의 운명을 건 아주 중요한 결정을?"

백운회는 자신 앞에 놓인 술잔을 들어 올리며 맞장구쳤다.

"그렇지."

수혼풍월은 목이 타는지 자신도 술을 벌컥벌컥 마시고는 천류영에게 따지듯 물었다.

"그런 식으로 따지면 천 분타주도 마찬가지 아닌가요? 당신도 천마검과 이렇게 함께 움직이고 있잖아요."

천류영이 고개를 내저었다.

"다릅니다."

백운회가 따라 말했다.

"다르지."

그녀는 짝짜꿍이 맞는 두 사내를 쏘아보며 혀를 차다가 옴팡지게 말했다.

"뭐가 다르다는 거죠?"

"저는 무림에 들어온 지 겨우 일 년에 불과합니다. 당신의 경력도 저처럼 일천한가요? 적지 않은 세월을 강호에서 보내셨겠지요? 그렇게 긴 세월 동안 주변의 환경이 당신을 만들어 갔을 테니까요."

"……."

"한 사람의 인생은 주변에서 벌어지는 삶의 도전에 그 사람이 어떻게 응전하느냐에 따라서 자신만의 가치관을 확립하게 됩니다."

"무슨 말을 하고 싶은 거죠?"

"저야 이쪽 바닥 생리에 아직 익숙하지 않아 마교니 사오주니 딱히 선입견이 없고, 제가 있는 정파에서도 세력이나 규율에 얽매이는 편이 아니지만…… 그러나 당신은 다르지 않습니까? 그렇게 행동할 수 없지요."

여인은 말문이 막혔다.

하지만 이대로 물러설 수 없기에 입을 열었다.

"천 분타주의 말이 틀리다고 할 수는 없어요. 하지만 방금 그 말은 사람을 너무 획일적으로 보는 것 아닌가요? 어떤 사람은 자신을 둘러싼 환경이나 내부의 규율에 얽매이지 않고 자유롭게 판단을 내릴 수 있어요."

"그럴 수 있습니다. 하지만 당신이 그랬다면 분타주라는 자리까지 올라갈 수 없었겠지요."

지켜보던 백운회가 끼어들어 그녀에게 말했다.

"물론 예외는 있다. 하지만 하오문 같은, 강대한 세력들의 눈치를 살펴야 하는 조직은 어쩔 수 없이 위험에 노출되어 있지. 당연히 자유로운 사고나 모험보다는 안전한 선택을 하는 사람을 요직에 앉힐 수밖에 없다."

천류영이 말을 받았다.

"하오문에서 천마검과 동행한다는 과감한 결정을 할 수 있는 인물은 겨우 몇 명으로 압축될 수밖에 없습니다. 문주나 부문주 혹은 영향력이 지대한 한두 명의 장로들."

다시 백운회의 차례.

"나이를 봐서는 장로는 결코 아니지."

천류영이 약간은 짓궂은 표정으로 물었다.

"문주신가요? 문주치고는 어려 보이고 장로라면 너무 젊어 보이는데."

백운회가 결론을 내렸다.

"난 문주 쪽에 걸지."

천류영이 볼멘소리를 했다.

"저도 같은 생각인데요."

"하하하, 원래 이런 건 먼저 찜하는 게 임자야."

천류영이 한숨을 흘렸다.

"하아, 알겠습니다. 그럼 저는 부문주나 소문주로 하죠. 하지만 천마검을 받아들이는 결정은…… 결국 문주란 결론밖에 안 나는데요?"

두 사내의 잇따른 말에 그녀는 고개를 젖히고 천장을 바라보았다. 왠지 모르게 웃음이 새어 나왔다.

두 사내, 만담을 하는 것 같지만 정곡을 콕콕 찌르고 있었다. 그런데 신기하게 기분이 나쁘지 않았다.

둘이 나누는 대화에서 나름의 배려가 느껴진 탓이었다.

그녀는 잠시 소리 없이 웃다가 고개를 내렸다.

천류영은 다시 붓을 들고 있었고 천마검은 자작하며 천류영이 찍는 곳을 유심히 살피며 의견을 가끔 내고 있었다.

"천류영, 그곳에 사업장이 꽤 몰려 있는데?"

"예. 작은 사업장들인데…… 아무래도 이 안쪽의 항일상회(抗日商會)를 빙 둘러싼 것으로 보아 상회를 보호하려는 것 같습니다."

"사업장들도 결코 작은 곳이 아니겠군."

"장부에 있는 내용은 별거 아닌데 위치로는 그렇죠?"

"숨겨진 정예들이 있을 거야."

"동감입니다."

수혼풍월은 두 사내를 조용히 쳐다보다가 입을 열었다.

"사내 둘이서 여자 한 명을 그렇게 몰아붙이더니 이젠 일벌레가 되었네요. 제 지위엔 별로 관심이 없나 보죠?"

천류영이 점을 찍으며 답했다.

"아까 말하지 않았습니까? 거짓말인 건 알지만 사정이 있으리라 생각한다고요."

"……."

"저는 당신의 직위가 어떻든 상관없습니다. 본질은 그게 아니니까요."

수혼풍월의 눈가가 찡그러졌다.

"본질이 뭐죠?"

"천마검 형님이 당신을 믿고 손을 잡았다는 것."

"……!"

"저는 천마검 형님을 믿거든요."

그녀는 손을 목뒤로 돌려 깍지를 끼고는 뻣뻣해진 목을 주무르며 말했다.

"정말 이상한 분이군요. 당신은 어떻게 그리 천마검을 믿는 거죠? 배신할 수도 있잖아요. 무슨 이유라도 있나요?"

천류영은 빙그레 웃으며 고개를 저었다.

"첫째, 저는 천마검 형님의 됨됨이를 아주 오래전부터 알고 있었어요. 그리고 형님의 가까운 수하들도 작년 봄에 직접 만났고요. 믿을 수 있는 사람입니다. 적으로 싸우며 음모를 꾸밀 수는 있어도, 결코 등에 비수를 꽂을 사람이 아니에요. 그런 악인은 천성적으로 될 수가 없는 사람이죠."

뭔지 모르게 사내들만의 단단한 끈이 느껴졌다.

정파와 마교의 사내 간에 저리 끈끈한 결속을 보일 수 있다는 것이 신기하고 놀라웠다.

"아무리 그래도 상황은 사람을 변하게 만들 수 있어요."

천류영은 담담한 어조로 답했다.

"둘째, 바로 그 상황 때문입니다. 천마검 형님은 제 도움이 필요하거든요. 그러니 적어도 지금 절 배신할 이유는 없습니다. 얻는 것보다 잃는 것이 훨씬 많으니까요."

약간은 두루뭉술한 답변이었지만 그녀는 고개를 끄덕일 수밖에 없었다. 그리고 그녀의 질문 화살은 이제 백운회에게 향했다.

"천마검께 여쭙죠. 당신은 불안하지 않나요? 내가 당신을 배신하고 사오주에 밀고할 수도 있는데?"

백운회가 피식 웃었다.

"여분의 동아줄을 버리고 싶나?"

수혼풍월은 아미를 찌푸리고 반문했다.

"물론 당신의 제안은 뿌리치기 힘들죠. 하지만 그럴 수도 있지 않나요?"

백운회는 입술을 꾹 깨물고 빈 술잔을 손안에서 빙글빙글 돌렸다.

그렇게 말없이 돌리다가 깊은 한숨을 내쉬고는 그녀를 직시했다.

"그래, 그럴 수도 있겠지."

"당신은 지금…… 노출될, 실낱같이 작은 위험이라도 최소화해야 하는 사람이잖아요. 솔직히 당신이 어젯밤 그렇게 대담하게 정체를 밝힐 때는 깜짝 놀랐어요. 음모와 배신이 판치는 무림에서 대체 뭘 믿고 그랬죠?"

"……."

"당신은 본 문을 세상에서 지워 버리겠다고 협박까지 했지만, 솔직히 저는 속으로 코웃음 쳤어요. 정파와 사오주에 당신의 존재를 알리는 즉시 나는 분타 사람들을 데리고 잠시 잠적하면 되니까요. 쫓기기에 급급한 당신이 날 추적할 수는 없잖아요. 그러니까……."

그녀의 말을 백운회가 담담한 어조로 끊었다.

"너밖에 없었다."

"예?"

예상치 못한 답변에 여인의 눈이 휘둥그레졌다. 천류영도 붓을 멈추고 백운회를 보았다.

백운회는 여전히 들고 있는 술잔을 내려다보며 말했다.

"이곳에서 내 수하들에 관한 정보를 제대로 알려 줄 곳은 하오문밖에 없었다. 자칫 내가 노출되고 정파와 사오주에 쫓기다 죽게 되더라도…… 어쩔 수 없었다. 당신을 믿는 수밖에……."

"……."

"내 위험보다…… 내 목숨보다 중요한 동료와 수하들에 관한 정보가 한시라도 급했으니까."

수혼풍월은 가슴에서 느껴지는 묘한 먹먹함에 숨을 들이켰다.

천류영도 쓴웃음을 깨물고 붓을 내려놓았다. 그리고 지도 옆에 놓인 술잔을 들어 한 모금 들이켰다.

그렇게 잠시간 침묵이 흘렀다.

여인은 우수에 찬 천마검의 눈을 뚫어지게 보다가 피식 웃었다.

"그렇군요. 호호호. 이런 말을 들을 줄은…… 생각도 못했어요. 저밖에 없었다라……. 천마검에게 이런 멋진 고백을 받을 줄은 상상도 못했어요. 어제 면전에서 무시 당했던 굴욕감이 조금은 풀어지네요."

백운회는 굳게 다문 입술을 열지 않았다. 다시 내실에 정적이 똬리를 틀었다.

천류영이 말없이 그에게 다가와 술을 따랐고, 그는 마셨다. 그리고 백운회도 천류영에게 술을 따라 주었다.

그런 두 사내의 모습을 지켜보던 수혼풍월이 불쑥 입을 열었다.

"수란(秀蘭)."

두 사내의 시선이 그녀에게 향했다. 여인은 자신의 잔을 들고 묘한 미소를 머금고 말했다.

"제 이름이에요. 이 이름을 아는 사람은 세상에 열 명도 되지 않죠."

천류영은 가운데 있는 자신의 자리로 이동해 앉으며 말했다.

"아름다운 이름이군요."

수란이 손으로 귓가의 잔머리를 정리하며 대답했다.

"당신들 추측이 맞아요. 나는 하오문의 문주예요."

백운회가 입을 열었다.

"천류영이 얘기한 것처럼 말하고 싶지 않으면 하지 않아도 좋아. 그게 본질은 아니니까."

"아뇨. 때로는 형식(形式) 같은 껍데기가 본질을 움직이게도 만들죠. 게다가 무려 천마검이 솔직하게 속내를 보였으니 나도 그러고 싶어요."

"……."

"열네 살에 문주 자리에 올랐어요. 아버지께서 비명횡사했기 때문에. 그리고 난 장로들의 장난감이 되었어요. 그들이 시키는 대로 따라하는 꼭두각시. 그 늙은이들은 어린 나를 발가벗기고 희롱하는 짓도 서슴지 않았어요."

"……."

"나는 이를 갈며 눈을 피해 무공을 익히고 때를 기다렸어요. 비밀리에 제 사람들도 모았죠. 그리고 오 년 전, 저를 꼭두각시로 부리던 장로들을 모아 잔치를 벌였죠."

천류영이 한숨을 깊게 쉬고 말했다.

"그 자리에서 그들을 제거하고 권력을 찾았군요."

"맞아요. 그 장로들은 벌벌 기던 제가 술과 음식에 독을 넣었으리라고는 짐작도 못했죠."

수란은 천천히 술을 마시고 말을 이었다.

"힘없는 서러움을 뼈저리게 알아요. 그래서 더더욱 열심히 수련하고 일했어요. 저나 사문이 강해지기 위해서. 덕분에……."

그녀는 빈 술잔을 탁자에 내려놓고는 씩 웃었다.

"이제는 강하다고는 차마 말할 수 없지만 그래도 누구에게도 주눅 들지는 않아요. 내 힘으로 안 되면 다른 이를 끌어들여 힘의 저울을 맞추는 요령도 알고 있고."

백운회가 고개를 끄덕이며 말을 받았다.

"훌륭하군. 고생했다."

천류영도 미소로 말했다.

"고생하셨습니다."

그 순간 수란은 가슴에서 뭔가가 울컥 치밀어 올랐다.

고생했다는 말이 그녀의 콧날을 찡하게 만들었다. 그 누구도 자신에게 해 주지 않았던 말. 하지만 듣고 싶었던 말.

"제가 왜 이런 사연을 구구절절이 늘어놨는지, 똑똑한 두 분은 아시겠죠?"

둘은 고개를 주억거렸다.

한편이 되자는 뜻이다.

물론 무림에서 이 정도로 상대를 믿는다는 것은 어리석은 짓이다. 그리고 셋 모두 그것을 바랄 만큼 순진하지도 않았다.

그러나 적어도 지금은 고개를 끄덕여 주어야 하는 시간이었다.

수란이 한 차례 심호흡을 하고는 밝은 얼굴로 말했다.

"두 사람은 얼마 겪어 보지 않아도 알겠어요. 좋은 사람이에요. 찾기 어려울 정도로."

백운회가 대꾸했다.

"안다."

천류영은 귀밑머리를 긁적이며 고개를 갸웃거렸다.

"그런 생각은 해 본 적 없는데."

모처럼 둘의 상반된 말에 수란이 까르르 웃음을 터트렸다. 그리고 손으로 이마를 쓸어 올리고는 말했다.

"두 사람, 정말 재미있네요. 나는 서른셋이에요."

천류영이 빙그레 웃으며 살갑게 말했다.

"누님이시네."

백운회도 입을 열었다.

"존대를 바라지는 마라."

수란이 다시 한 번 웃음을 터트렸다. 이번에는 제법 오래 웃다가 눈물까지 났는지 손가로 눈 주변을 살짝 훔쳤다.

"이렇게 웃는 게 얼마 만인지 기억도 안 나네요."

그녀는 자리에서 벌떡 일어나 천류영에게 다가가 그의 잔에 술을 따랐다. 그리고 백운회에게도.

그렇게 술을 따르고 자신의 자리로 돌아가서 술잔을 위로 올리며 말했다.

"우리 사적으로는 친구하죠. 그게 뭐하면 동료?"

"……."

"……."

"그리고 공적으로는 밀약을 맺어요. 좋잖아요. 사파와 정파, 그리고 마교."

"……."

"……."

"훗날, 만약 여기서 무림을 일통하는 사람이 나온다면, 누군가 패왕의 별이 된다면…… 남은 두 사람을 살펴 주기로."

백운회가 피식 웃고 응수했다.

"패왕의 별은 나다."

"아, 그러세요?"

그녀는 빈정거리는 어투로 받아치고는 천류영을 보았다.

"천 분타주의 생각은 어때요?"

천류영은 귀밑머리를 긁적거리며 말했다.

"하오문이 무림을 일통할 수 있습니까?"

수란의 얼굴이 무참하게 구겨졌다. 그 모습에 백운회가 배를 움켜잡고 낮게 웃다가 말했다.

"얼렁뚱땅 엄청난 거래를 해치우려는 거지. 가슴속에 백 마리의 구렁이보다 더한 음흉함, 그리고 백 명의 호걸보다 더한 야망을 가진 여자다."

수란이 그런 천마검을 보며 쏘아붙였다.

"인정해요. 하지만 그것만이 전부는 아니에요. 내 생에 처음으로 진심도 담았어요."

백운회는 고개를 갸웃거리며 낮게 중얼거렸다.

"글쎄."

"뭐, 두 사람 다 믿어 주리라고는 생각 안 했어요. 그 럼 한 명이라도 낚아 볼까요?"

그녀는 고개를 돌려 천류영을 향해 부드럽게 미소 지었 다.

"천 분타주, 당신의 말처럼 본 문이 패왕의 별에 오르 는 건 불가능해요. 하지만 이 점만은 약속하죠. 당신이 원 하는 정보가 있다면 빠르고 정확하게 제공하겠다는 걸! 본 문은 당신의 숨은 지원 세력이 되어 주겠어요."

그제야 백운회가 술잔을 들었다.

"그렇지, 그렇게 패를 보여야지. 그런 거래라면 하지 않을 이유가 없다. 종종 이용할 테니까 준비를 단단히 해 두도록."

수란은 어처구니가 없어서 입술을 꾹 깨물었다. 그러나 백운회는 천류영을 향해 계속 말했다.

"너는 스스로 잘 판단할 거라 믿는다. 하지만 무림 선 배로서 이 한마디는 꼭 해 주고 싶다. 이익이 남는 거래는 하되 사람은 믿지 마라. 그 사람이 온전하게 네 사람이 되 었다는 확신이 들더라도."

천류영이 쓴웃음을 깨물자 백운회가 혀를 차며 말을 이 었다.

"강호무림에서 네가 완전하게 믿을 수 있는 사람은, 네 목숨을 주어도 아깝지 않은 사람뿐이다. 그렇다면 죽어도 후회는 없을 테니까. 명심해라. 그러지 않으면 반드시 후회하게 될 테니까."

결국 수란이 앙칼진 목소리로 끼어들었다.

"그 말은 천 분타주가 당신도 믿어선 안 된단 뜻이겠죠?"

백운회가 싱긋 웃었다.

"당연하지."

"할 말이 없네요. 당신이 좋은 남자란 말은 취소예요. 나쁜 남자가 어울려요."

백운회는 고개를 저으며 차갑게 말했다.

"하오문주, 만약 당신이 천류영과의 신의와 하오문의 흥망을 선택해야 하는 입장에 처한다면 어떤 선택을 할 건가?"

"……."

"답할 수 없다면 그냥 거래만 해라. 그럼 나나 천류영도 너에게 희생을 요구하지는 않을 테니까."

"……."

"벗이고 동료란 말은 관두고 훗날의 서로를 챙겨 주는 조건으로 밀약만 맺는 것이 서로에게 나은 길이다."

차가운 말이었지만 수란은 부인할 수 없었다. 그것이 자신이 살아온 방식이었기에. 또한 그래서 지금껏 살아남을 수 있었고.

그때 침묵하던 천류영이 입을 열었다.

"저는…… 수란 누님과 동료도 되고 싶습니다."

백운회는 한숨을 쉬었고 수란은 어색한 미소를 지었다.

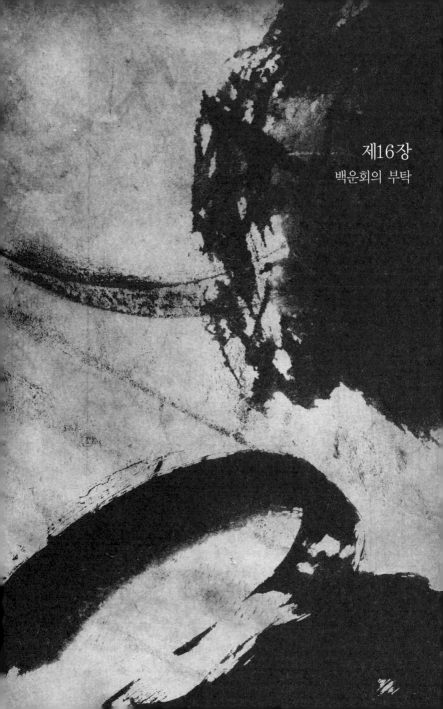

제16장
백운회의 부탁

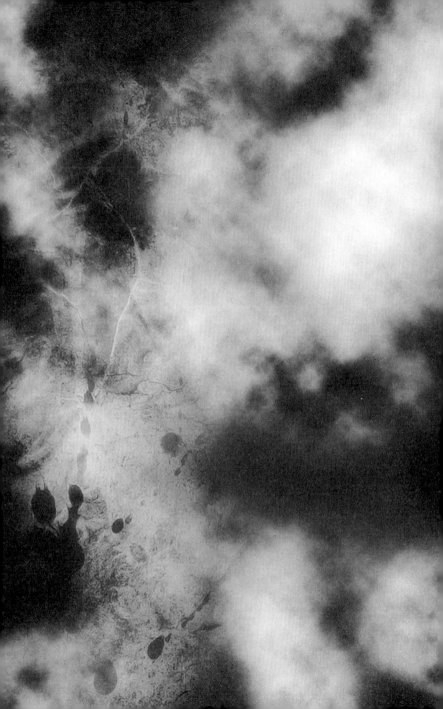

1

무림맹 절강 분타의 밤.

서호에서 올라오는 물안개가 어둠과 어울려 분타 주변에 드리우기 시작했다.

덤불 뒤에 숨어 있던 조전후가 독고설에게 속삭였다.

"아가씨! 간자입니다."

분타의 담벼락을 한 사내가 뛰어넘었다. 조전후가 그를 향해 덮치려는 것을 독고설이 막았다.

"그냥 가게 두죠."

조전후가 입맛을 다시며 안타까운 표정을 지었다.

지금 자신들의 뒤에는 한 명의 간자가 오랏줄에 꽁꽁

묶인 채로 수혈이 점혈당해 잠들어 있었다.

"아가씨, 저 간자를 그냥 보내자는 말입니까?"

그가 격분한 어조로 묻자 독고설이 눈살을 찌푸렸다.

"천 공자가 놓아주는 간자도 필요하다고 했잖아요."

"다른 쪽에서 놔주는 간자들이 있을 겁니다."

"아저씨처럼 의욕이 충만한 분들이 많아서 다 잡을까
봐 겁난다고요."

"그래도……."

조전후가 밤안개 속으로 사라지는 사내를 보며 안타까
워 발을 동동 굴렀다. 그러자 독고설이 고개를 갸웃거리
다가 눈을 치켜떴다.

"아저씨, 설마?"

도둑이 제 발 저린다고, 조전후가 찔끔하자 독고설은
혀를 찼다.

"간자 잡는 거로 내기했죠?"

"……."

"미쳤어요? 그러다가 정말 간자들 다 잡으면 어쩌려고
요? 사소한 치기로 천 공자의 책략을 망치려고 그래요?"

조전후가 히죽 웃으며 뒤통수를 긁적였다.

"그게…… 너무 걱정 마십시오. 둘 중 한 놈은 놓아주
기로 했으니까."

"내기가 걸렸는데 퍽이나요."

"사나이 자존심을 걸고 약속했습니다."

"어휴, 그런데 아저씨는 왜 보이는 족족 잡으려는데요? 사나이 자존심을 걸었다면서요?"

조전후는 딱히 대꾸할 말이 없어서 고개를 돌려 딴청을 피웠다.

그 모습에 독고설이 피식 웃고는 앞을 보다가 자신도 모르게 한숨을 뱉었다.

그러자 조전후가 다시 독고설을 흘낏 보고는 나직하게 말했다.

"그나저나 아까부터 왜 그렇게 한숨을 쉬는 겁니까? 땅 꺼지겠습니다."

독고설은 심드렁하게 대꾸했다.

"그러게요."

그러면서도 또 흘러나오는 한숨.

조전후가 고개를 갸웃거리다가 씩 웃었다.

"흐흐흐, 알겠습니다."

그의 말에 독고설이 어깨를 으쓱하고 실토하려고 했다. 천류영이 걱정된다고.

영능후가 일류무사고 위충과 구위 사범도 합류한다지만 항주가 얼마나 무서운 곳인지는 귀가 따갑게 들었기에 자꾸만 불안했다. 따라갔어야 했는데.

조전후가 말했다.

"지금 천 공자가 예쁜 기녀들 끼고 술 마시고 있는 거 생각하는 거죠?"

"예?"

"크흐흐, 뭘 그리 놀라십니까? 저는 천 공자가 환락로에서 약속을 잡았다는 얘기를 듣는 순간 감이 왔는데."

"아저씨! 큰 싸움이 코앞인데 천 공자가 그럴 사람이에요?"

그녀가 발끈했지만 조전후는 넉살 좋게 대꾸했다.

"에이, 위충 님이나 구위 고생했다고 술 한잔 사 주시려는 것 아닙니까? 그리고 만나는 장소가 환락로. 딱 답이 나오는데……."

"그만하세요. 천 공자는 아저씨와 달라요."

독고설의 말에 조전후가 입술을 쭉 내밀었다.

"그게 무슨 말입니까? 저야말로 순정파입니다. 호색한은 천 공자지 제가……."

독고설이 도끼눈으로 그의 말을 끊었다.

"지금 말 다했어요? 천 공자가 호색한이라뇨? 사람 뒤에서 흉보는 거 아닙니다! 그것도 어떻게 천 공자를!"

"아! 이건 제 실수. 하지만……."

"됐어요. 그만해요."

잠시 냉랭한 침묵이 흘렀다. 그리고 조전후가 머리를 긁적이며 낮게 말했다.

"죄송합니다. 정말 실수였습니다."

"……."

"그러니까 어서 침을 발라 두십시오. 사실 저는 가주님께서 허락하지 않을 거라고 생각했는데, 하셨다면서요? 그런데 뭘 망설이는 겁니까? 천 공자는 이제 예전과 달라요. 그를 노리는 여인들이 한둘이겠습니까?"

독고설은 망설이다가 대답했다.

"그러지 않아도 절강성에서 성공적으로 일을 마치고 돌아가면 천 공자가 청혼을 하겠다고……."

그녀는 말꼬리를 흐렸다. 왠지 심장이 콩닥콩닥 뛰면서 얼굴이 달아올랐다.

그러나 조전후는 어처구니없다는 표정으로 말했다.

"허, 천 공자 실망스럽네. 출세했다고 사람이 이리 변하는가?"

독고설이 의아한 표정으로 눈을 동그랗게 떴다.

"지금 무슨 말을 하는 거예요? 천 공자가 저에게 청혼을 하겠다고 했다니까요?"

"사내들이 흔히 하는 거짓말 아닙니까?"

"예?"

독고설의 눈동자가 거칠게 흔들리는 가운데 조전후의 말이 이어졌다.

"혼인이 부담스러워 나중으로 미루는 거죠. 사랑한다면

미룰 이유가 뭡니까? 더구나 다른 사람도 아니고 아가씨 인데 말입니다! 이럴 수는 없습니다. 감히 아가씨를 상대로 어장 관리하는 것도 아니고!"

그가 마치 제 일처럼 흥분하자 독고설이 아미를 찌푸렸다.

"그게 아니에요. 천 공자는 이번 일에 목숨을 걸고 있어요. 자칫 자신이 죽을 수도 있으니까……."

조전후는 고개를 세차게 내저으며 그녀의 말을 끊었다.

"그건 핑계입니다. 사랑한다면 모든 걸 던져야죠!"

그렇다. 그는 야차검이면서 순정검이었다.

그는 콧김을 씩씩 내뿜으며 말을 이었다.

"아가씨 같은 상대가 어디에 있습니까? 성질이 조금 더러운 것만 빼면 완벽하지 않습니까?"

독고설의 이맛살이 찌푸려졌다.

"그거 칭찬 맞죠?"

"맞습니다. 뭐, 나중에 부부 싸움 하면 아가씨한테 맞아 코뼈가 주저앉을 수도 있겠죠. 눈이 찢어지거나 갈비뼈나 다리가 부러질 것 같은 두려움도 들긴 할 테고요."

독고설이 주먹을 움켜쥐고 부르르 떨었다.

"칭찬 아닌 것 같은데요?"

"말을 끝까지 들으셔야죠. 제 얘기는 그러니까…… 다른 사람도 아닌 청화인데 그 정도의 공포는 이겨 내야 한다는 말입니다."

"……."

"그게 사랑인 겁니다."

"……."

"아가씨, 사랑은 쟁취하는 겁니다. 언제 죽을지 모른다고 결혼을 나중으로 연기해요? 말도 안 됩니다. 이곳에서의 싸움이 끝나도 마교와 흑천련과의 전쟁이 기다리고 있습니다. 그 싸움들이 끝나도 또 무슨 일이 생길지 어떻게 압니까?"

독고설은 조전후의 말을 막으려다가 멈췄다. 마지막 말이 가슴에 박혔다.

바야흐로 난세가 시작하려는 때.

천류영은 목숨을 건 전투를 앞으로 몇 번이나 치러야 할지 모른다.

그렇기에 그는 절강성에서 성공하더라도 청혼을 하지 않을 공산이 높다는 것을 깨달았다.

그럴 사람이다. 천류영은.

조전후는 옆에서 계속 구시렁댔다.

"……잡아야 합니다. 언제 갑자기 다른 무가의 여식이 천 공자를 낚아챌지 모르는 것 아닙니까? 그리되면 우리는 닭 쫓던 개 신세가 되는 겁니다."

"……."

"그럴 수야 없잖습니까? 그런데…… 천 공자가 아가씨를 좋아하는 건 확실합니까? 좋아하는 건 맞는데…… 여인으로서 말입니다. 맞습니까?"

조전후의 말이 물음표로 막을 내렸다. 그는 그 질문을 끝으로 독고설을 보며 대답을 기다렸다.

그러나 독고설은 입술을 깨물 뿐 아무 말도 하지 못했다.

천류영, 그는 정말 자신을 동료가 아닌 여인으로서 좋아할까?

그 질문에 자신 있게 대답할 수가 없었다.

그가 좋아한다고 말한 적이 딱 한 번 있기는 했다.

사문에서 가족들 앞에서 자신이 생떼를 부렸을 때.

그는 당시 좋아한다고 말했고, 절강성에서 돌아오면 청혼하겠다고 약속했다.

그러나 곰곰이 생각해 보면 상황에 몰려서 어쩔 수 없이 대답한 것일 수도 있었다. 상황이 주는 압박감에 강요당했던 것일지도.

독고설의 고개가 밑으로 떨어졌다.

"그러네요. 그 사람이 먼저 나에게 좋아한다고 말해 준 적이 없네요."

"아…… 그렇습니까?"

"내가 너무 일방적이었어요. 어쩌면…… 천 공자가 많이 불편했을 수도 있겠네요."

그녀의 눈에 이슬이 고였다. 그 사람은 자신에게 남긴 유서에서 말했다.

자신을 알아봐 줘서 고맙다고.

"역시 그런 걸까요? 그분에게 저는…… 인생에서 기회를 준 은인이지 정인은 아닌 걸까요?"

독고설은 땅 위로 누웠다. 안개로 인해 하늘이 보이지 않았다.

불투명한 시야.

마치 자신과 천류영의 관계 같다는 생각이 들었다.

조전후가 그런 독고설을 보다가 입을 열었다.

"이번 싸움이 끝나면 말해 보십시오. 이곳에서 혼인이야 어렵겠지만 약혼이라도 하자고요. 아가씨를 좋아하는 마음이 있다면 거절하지 않겠지요."

독고설은 대답하지 못했다. 자신이 그런 요구를 한다면 그에게 강요하는 것에 불과하기에.

그는 자신을 배려하기 위해 거짓말을 할지도 모른다.

그러자고.

가슴이 아파 왔다.

그에게 늘 말했었다.

하고 싶은 것을 하라고.

그러면서 자신을 사랑해 달라고 강요했다.

이 무슨 웃긴 역설인가, 이 무슨 슬픈 희극인가.

그런 생각이 들자 자꾸 콧날이 시큰해지고 눈이 따가워졌다. 그녀는 팔로 눈을 가리고 말했다.

"내 마음은 이미 전했어요. 그리고 저는 그분에게 더 이상 강요하고 싶지 않아요."

"바보 같은 짓입니다. 사랑은 쟁취하는 거라니까요. 왜 평소의 아가씨답지 않게 약한 소리를 하시는 겁니까?"

"그냥 바보 할래요. 설사 다른 여인에게 그분이 가도 상관없어요. 가슴은 찢어지겠지만…… 그분이 진짜 행복하다면 감당할 수 있어요."

"아가씨……."

"나 그 사람 웃는 것만 봐도 미친 여자처럼 설레고 행복하거든요. 그거면 돼요. 그 사람이 행복해 웃는 모습을 볼 수 있으면."

"……."

"나에게 억지로 와서 슬프게 웃는다면…… 나는…… 나를 결코 용서하지 못할 거예요."

조전후는 반박하려다가 이를 악물고 침묵했다. 팔에 가려진 그녀의 눈.

한줄기 이슬이 흘러내리는 것을 본 것이다.

*　　　　*　　　　*

술과 이야기가 함께한 새벽은 길었다. 그리고 짧았다.

그 길고도 짧은 시간.

천류영과 백운회, 그리고 수란은 쉼 없이 대화를 나누었다. 잠깐 구위가 인사를 하러 왔을 때를 제외하고는.

수란은 주로 마교와 흑천련의 내부 동향에 대해 말했고, 정파에 관해서도 얘기했다. 그러나 사오주에 관한 것은 입 밖에 내지 않았다.

비록 양다리를 넘어 세 다리를 걸치게 된 그녀였지만, 기존의 사오주와 형성되어 있는 최소한의 신뢰를 지키고 싶어 했기에.

천류영과 백운회는 그런 수란의 마음을 이해했다.

백운회는 배교에 대해 아는 것을 풀어놓았다.

그렇게 백운회와 수란의 이야기가 마무리되어 가자 천류영이 심호흡을 하고는 입을 열었다.

"너무 많은 것을 공짜로 얻은 기분이네요."

그의 말에 수란이 하얗게 웃으며 대꾸했다.

"그런 의미로 따지면 저도 마찬가지예요. 사실 제가 한 말은 한마디로 요약이 가능하잖아요? 마교와 흑천련이 출정 준비를 마쳤다. 그리고 그건 많은 사람들이 이미 예상하고 있는 거고."

그녀는 고개를 백운회에게 돌리고 말을 이었다.

"진짜 놀라운 건 천마검이 얘기한 배교에 관한 것이죠.

예전의 배교보다 훨씬 더 강하다니, 생각한 것보다 세상에 닥칠 혈풍이 만만치 않겠어요."

백운회는 들고 있던 술잔을 내려놓고 피식 웃었다.

"내 얘기도 곧 천하가 다 알게 될 거야. 핵심은 그게 아니라…… 내가 탈출했으니 배교는 빨리 움직일 수밖에 없다는 점이다. 그들은 조만간 세상으로 나올 거다."

수란이 굳은 표정으로 고개를 끄덕이는데 천류영이 기지개를 켜고는 담담하게 말했다.

"혹시 소림삽니까?"

수란의 눈이 휘둥그레졌다. 밑도 끝도 없이 던진 짤막한 질문. 하지만 그 물음이 던진 충격은 만만치 않았다.

백운회도 놀랐는지 눈을 치켜떴다가 쓴웃음을 깨물었다.

"대체 너라는 녀석은……."

그는 한숨을 뱉고 고개를 끄덕이며 말을 이었다.

"맞다. 배교의 첫 번째 제물은 소림사다."

백운회와 수란의 시선이 천류영에게 모였다. 대체 그걸 어떻게 예상했느냐는 무언의 물음.

그러나 천류영은 그 질문에 대답할 생각도 못 한 채, 연신 고개를 갸웃거리다가 입을 열었다.

"형님이 배교를 탈출함으로써 바뀌는 건, 시기뿐만이

아니겠군요."

수란이 눈을 빛내며 상체를 앞으로 기울였다.

"다른 것도 변한단 얘기인가요? 뭐가요?"

"음, 그러니까 마교와 배교는 서로 협력하면서도 속으로는 경쟁을 하고 있었을 겁니다."

"당연히 그렇겠죠. 그들은 대업을 위해 서로를 이용하려는 것이 분명해요."

"예, 그러니 배교는…… 아마 자신의 전력을 어느 정도 숨기려고 했을 공산이 큽니다. 예를 들면, 천마검 형님이 아까 말한 특강시 같은 존재 말이죠. 좋은 패는 나중에 내놓을수록 그 효과가 크니까."

"동의해요. 제가 배교주라도 그런 선택을 할 거예요."

수란이 한쪽 눈을 찡긋하며 술잔을 든 손을 들어 검지로 천류영을 가리켰다.

묘하게 색기가 감도는 그녀의 모습에 천류영이 어색한 표정으로 계속 말했다.

"하지만 개량된 철강시뿐만 아니라 특강시의 존재도 밝혀질 위험에 처했어요. 마교의 입장에서 그 정보를 배교가 아닌 다른 경로로 듣게 된다면 배신감이 들 겁니다. 그리되면 마교와 배교가 분열될 위험이 있지요."

잠시 침묵하던 백운회가 역시 천류영이란 표정으로 손뼉을 치고 말했다.

"그래, 배교는 처음부터 전력으로 나올 공산이 높아졌다. 그들은…… 소림사를 적당히 무너뜨리려 했었지만 이젠 완전히 쓸어버릴 생각을 가지고 있을 거야."

백운회는 말을 마치고 생각했다. 그래도 배교주는 최후의 패 하나는 숨겨 둘 것이라고.

그건 하유와 수안파파에게 들은 팔악과 구악이 될 공산이 높았다.

천류영은 손가락으로 탁자를 가볍게 두드리다가 한숨을 뱉었다.

"형님이 언급한 특강시의 위력이 그렇게 엄청납니까? 몇 구밖에 되지 않으니……."

백운회가 말허리를 끊었다.

"내가 제거한 건 일악이라는 한 구였다. 그건 초창기에 만들어진 거지. 뒤에 제조된 특강시보다 현저하게 약하다더군. 그럼에도…… 제법 강했다."

다른 사람도 아닌, 자존심이 하늘을 찌르는 천마검이 제법 강하다고 표현한다면 정말 엄청난 괴물이라고 봐야 했다.

수란이 조심스럽게 물었다.

"배교의 특강시를 상대하려면 어느 정도의 정예가 필요하다고 생각하세요?"

"강시는 내공과 체력에 한계가 없다. 정예고 뭐고 간에 특강시의 상대가 되지 않아. 인해전술로는 시체만 쌓이게 될 거다."

"……."

"특강시를 상대하려면 절정의 경지에 오른 자 중에서도 최상위에 속하는 고수가 있어야 한다. 초절정에 다다른 자."

"형님처럼 말입니까?"

천류영의 한숨 섞인 물음에 백운회가 빙그레 웃고 말을 이었다.

"그래, 아니면 절정고수나 그에 근접한 여러 고수들이 합격을 해야겠지. 잊지 말아야 할 건 실전이 풍부한 고수여야 한다. 아차 하는 순간 어떤 고수라도 순식간에 목이 날아갈 수 있으니까."

천류영과 수란은 머릿속이 복잡해졌다. 천마검의 말을 그대로 믿자니 너무 엄청난 괴물이 탄생한 것이다. 그렇다고 대충 흘려들을 수도 없었다.

두 사람의 말문이 막혀 대화가 끊기자 백운회가 정적을 깼다.

"배교를 상대하려면…… 정파에서도 진짜 고수들이 나서야 한다. 그러지 않으면 세상은 피에 잠기게 될 거야."

천류영이 장탄식을 흘리고는 얄밉다는 시선으로 백운회를 보며 말했다.

"형님에게는 기회가 되겠군요."

수란은 그게 무슨 말이냐고 물으려다가 뇌리를 스치는 생각에 눈을 치켜떴다.

그렇다!

천마검이 동료를 찾고 세를 모으는 동안 중원무림은 마교와 흑천련뿐만 아니라 배교와도 맞서야 한다.

그 과정에서 수많은 고수들이 사라지게 될 것이다.

그건 천류영의 말마따나 훗날 백운회가 재기에 성공해 다시 중원을 침공할 때 이점으로 작용하게 되리라.

수란은 그것을 단숨에 간파하는 천류영도 놀랍고, 그렇게 큰 그림을 그리고 있는 백운회도 경탄스러웠다.

백운회가 어깨를 으쓱하고 대꾸했다.

"네 말이 맞아. 하지만…… 이런 상황을 내가 연출한 건 아니다."

"예, 압니다. 그렇지요."

백운회가 고민하고 있는 천류영의 표정을 보며 낮게 웃고 말했다.

"천류영, 새벽이 다 가고 곧 여명이야. 그러니 이제 이런 얘기는 끝내자. 어차피 닥칠 일, 걱정을 한다고 피할 수는 없잖아."

백운회가 정색하고 화제를 돌렸다.

"이제 내가 너에게 부탁할 한 가지를 말하겠다."

2

천류영은 앉은 자세에서 양손으로 머리를 감싸 안으며 '어휴!' 라는 탄식을 뱉었다.

그걸 보는 백운회의 미소가 짙어졌다.

"어쩔 수 없는 일이잖아. 솔직히 내가 부탁하지 않아도 너는 이 일을 할 수밖에 없고."

두 남자의 대화에 수란은 숨을 죽였다. 사실 그녀는 천마검이 천류영에게 하려는 부탁이 매우 궁금했다.

백운회가 목소리를 무겁게 했다.

"천류영."

"예, 형님. 말하십시오. 이미 마음의 준비는 끝냈으니까요."

"마교와 흑천련을 막아라."

"……."

"네 우선순위는 배교가 아니라 마교다. 마교와 흑천련부터 막아라."

수란은 그 이유가 뭐냐고 물으려고 했다. 그러나 이내 손으로 입을 가리며 터져 나오려는 기겁성을 틀어막았다.

천마검이 새롭게 그리는 그림의 마지막 조각이 드디어 맞춰지고 있었다.

천마검이 자리를 비운 사이 마교와 흑천련이 중원을 침공해 승승장구한다면?

천마검이 부활한 것이 세상에 알려진다고 해도 마교와 흑천련에서 그의 입지는 없어지고 만다. 뿌리를 잃어버린 떠돌이로 추락하게 될 터!

천류영이 한숨을 길게 내뱉고 투덜거렸다.

"배교도 만만치 않게 위험해 보입니다."

"인간이 아닌 괴물들을 상대하는 일은 너에게 어울리지 않아. 자칫 특강시의 표적이 되면, 진짜 괜찮은 호위가 없을 경우 너는 죽게 될 거야."

"그래도 배교부터 막아야 할 것 같은데……."

"그건 너 아니라도 다른 사람들이 알아서 나설 거다. 정파뿐만 아니라 사오주도. 똑똑한 너라면, 우선순위에 무엇을 둬야 할지 이미 알고 있을 텐데?"

배교는 정사(正邪)를 가리지 않는 학살자. 사오주도 경계할 수밖에 없을 것이다.

"그래도……."

천류영이 계속 주저하는 모습을 보이자 백운희가 짧게 웃고 대꾸했다. 천류영이 이리 어깃장을 부릴 것을 예상했다는 표정으로.

"좋아, 내가 하나 더 양보하지."

그러자 천류영이 언제 심각했냐는 듯이 싱긋 웃었다.

"약속한 겁니다?"

"그래."

지켜보던 수란이 궁금증을 참지 못하고 끼어들었다.

"천마검께서 뭘 양보한 거죠?"

천류영이 미소를 지으며 답했다.

"배교의 힘이 예상보다 커서 정파가 그들을 정리하는 데 애를 먹을 경우, 천마검 형님이 나중에라도 협조하겠다는 뜻입니다. 배교는 정사마(正邪魔)를 떠나 악이니까요."

수란이 천마검을 보고 물었다.

"맞나요?"

천마검이 고개를 끄덕였다.

"맞다. 저 녀석은 최악의 상황이 도래할 시, 나에게 정파무림을 위해 힘을 써 달라고 떼를 쓴 거다."

천류영이 볼멘소리로 대꾸했다.

"정파무림이 아니라 천하를 위한 겁니다. 민초를 위한 겁니다."

"알아, 그러니 협조하겠다고 약속한 거다."

백운회는 말하면서 속으로 웃었다.

어차피 배교의 최후 무리는 자신의 손으로 끝장낼 작정이었기에. 그건 하연의 소원이었으니까.

백운회는 천류영에게 다시 한 번 자신이 부탁한 것을

주지시켰다.

"본 교와 흑천련을 막아라."

그러자 천류영이 어깨를 으쓱하고 심드렁하게 대꾸했다.

"노력하겠습니다. 하지만…… 굳이 저까지 나서지 않더라도 막을 수 있을지도 모르죠."

백운회는 의자에 등을 기대며 고개를 저었다.

"어려울 거야. 정파인들이나 네가 생각하는 것보다 본교와 흑천련의 전력은 막강하다. 자신이 있었으니까 작년 봄에 중원으로 진출하려던 것이지."

"……."

"네가 사천에서 날 막지 못했더라면…… 본 교와 흑천련이 계획대로 중원에 진출했을 것이고, 지금 천하의 절반은 우리에게 넘어왔을 거다."

"글쎄요. 그건 형님이 있을 때나 가능한 얘기죠. 또한 정파의 저력도 만만치는 않아 보입니다. 여기 저기 썩어 있기는 해도 곳곳에 훌륭한 분들도 많아요."

백운회가 고개를 젖히며 웃었다.

"하하하. 너도 이제 정파 사람이라 이거군. 뭐, 어쨌든 좋아. 누가 됐든 본 교와 흑천련이 승승장구하지 못하게만 하면 되니까. 다른 정파인이 못하면 당연히 너에게도 기회가 갈 것이고. 그리고 너라면…… 막아 낼 수 있으리라 믿는다."

"막아 내면 술 한잔 사는 겁니까?"

"술뿐이겠는가? 눈부신 미녀와 막대한 금은보화도 안겨 주지."

천류영의 입가에 미소가 번졌다.

"그 말, 작년 봄에 들은 것 같은데요?"

"잊었을까 봐 상기시켜 주는 거다. 언제라도 나에게 온다면 환영이야. 내가 누려야 할 모든 것을 네게 주마."

천류영이 못 당하겠다는 듯이 쓴웃음을 깨물고는 물었다.

"그런데 제가 최선을 다해도 막지 못하면 어떻게 되는 겁니까?"

"너는 막아 낸다."

"저를 믿어 주시는 건 고마운데, 어쩐지 부담스러운데요?"

"날 막아 낸 네가 마교주 뇌황을 막지 못한다면…… 그건 말이 되지 않아."

"결국 형님이 잘났다는 말로 들립니다만."

"사실이 그렇잖아?"

"……."

"잘난 놈은 잘났다고 말하는 게 옳아. 어줍지 않은 겸손은 상대를 놀리는 거라고."

"그래도 약간의 겸손은 필요하다고 생각합니다. 괜한 시기와 질투를 받을 수도 있지 않습니까?"

"너는 그런 녀석이 아니잖아. 날 시기하나?"

"……."

"이건 네가 잘났다고 인정하는 말이다."

수란이 손으로 턱을 괴고 두 사내의 대화를 듣다가 끼어들었다.

"호호호, 두 분의 대화가…… 뭐랄까? 묘한 위화감이 드네요. 천마검께서는 자신이 몸담고 있던 마교를 정파인인 무림서생에게 막아 달라 부탁한다는 것이 그렇고……."

그녀는 시선을 천마검에서 천류영에게 옮기며 말을 이었다.

"천 분타주께서는 배교로 인해 세상이 위험해질 경우, 천마검께 도움을 요청하는 것이 그래요. 두 분은…… 각자가 소속되어 있는 곳의 이념에 얽매이지 않는군요."

자신이 속한 곳의 잣대로 세상을 바라보지 않는 자유로움.

그것은 편견과 선입견에서 벗어날 수 있게 해 준다.

수란은 이 두 남자의 뛰어남이 바로 그 점에 기인하는 건 아닐까라는 생각을 했다.

우물 안 개구리가 아니라 천하를 직시하면서 자유분방

하게, 폭넓게 사고하는 것.

그녀는 엄청난 대화를 후딱 해치우고 이제는 소소한 대화를 나누는 둘을 보면서 미소 지었다.

사실 말로서 무엇을 못하겠는가.

천마검은 재기에 실패할 확률이 여전히 높다. 무림서생 역시 유명세를 타고 있기는 하지만 언제 무너질지 모른다.

아무리 뛰어난 인재라고 해도 어느 한순간에 사라질 수 있는 것이 이치다. 특히나 무림이라는 세상은 더욱 그렇다.

그래도 수란은 저 두 남자와 함께 있는 이 순간이 매우 만족스러웠다.

만난 지 얼마 되지도 않았는데 벌써 몇 번이나 자신을 감탄하게 만든 사내들.

마치 자신도 저 사내들처럼 대단하게 느껴지는 이 기분이 기꺼웠다.

앞으로 헤쳐 나가야 할, 무지막지한 고난의 가시밭길이 저 남자들 앞에 있다.

그러나 저 둘은 조금의 흔들림조차 보이지 않았다.

불안, 두려움을 망각이라도 한 것처럼.

저들은 자신을 믿고 또 스스로 가야 할 길이 옳다고 확신하는 것이다.

그 끝에 설사 죽음이 있을지라도 이들은 겁내지 않고

앞으로 한 발 한 발 뚜벅뚜벅 나아가리라.

'좋구나. 이런 사람들과 함께한다는 것이.'

그녀는 마음속으로 행복한 탄성을 지르며 어깨를 으쓱거렸다. 그런 수란을 백운회가 곁눈질로 보고 의아한 표정을 지었다가 자리에서 일어났다.

"이 자리는 그만 파하도록 하지. 아주 즐겁고 유익한 시간이었다."

그는 천류영을 주시하며 말을 이었다.

"나는 개인적으로 정리할 것이 있어서, 내일 저녁에 널 찾아가겠다."

"예, 그게 좋겠습니다."

"한숨도 못 자서 피곤할 텐데 잠시 눈이라도 붙이고 돌아가라."

천류영의 눈은 벌겋게 충혈되어 있었다. 이틀 동안 제대로 된 잠을 자지 못했으니까. 그리고 그동안 적지 않은 심력을 소모했고 말이다.

"아뇨, 저도 분타로 돌아가야죠."

천류영이 자리에서 일어서자 수란이 끼어들었다.

"천마검의 말씀대로 여기서 주무시고 가세요."

"아닙니다. 괜한 폐를 끼칠 수는 없지요."

수란이 눈을 살짝 흘기며 퉁명스럽게 말했다.

"천 분타주는 나와 동료하기로 했잖아요. 그런데 폐라

니요? 섭섭한데요?"

"아, 그런 뜻은 아녔습니다. 다만 분타에서 저를 기다리는 분들이 걱정할 겁니다."

"그건 구위라는 분을 통해 연통을 넣으면 되죠."

"그렇게까지……."

그녀가 천류영의 말허리를 끊었다.

"그리고 위충이라는 분, 상처를 치료하고 지금 깊은 잠에 빠져 있어요. 조금 더 쉴 수 있게 해 드리는 것이 좋지 않겠어요?"

"아! 그렇군요."

천류영이 깜빡했다는 표정으로 자신의 머리를 손으로 살짝 쳤다.

"그럼 잠시 실례 좀 하겠습니다, 수란 누님. 아! 하오문주님이라고 불러야 하나요?"

수란은 얼굴 전체로 퍼져 나가는 미소로 화답했다.

"아뇨, 누님이라는 말…… 아주 좋네요. 무림서생께서 저한테 그리 달달한 목소리로 누님이라고 불러 주니까 십 년 전으로 돌아간 것 같아요. 이곳에서 잠시 주무시고 가신다니 성심성의껏 모시도록……."

그녀의 음성에 비음이 섞여 있었다.

백운회는 어이없다는 표정으로 그녀의 말허리를 끊었다.

"이봐, 유혹할 생각은 꿈도 꾸지 마라. 비록 천류영이 너와 동료가 되겠다고 말했지만 선을 넘어서 좋을 건 없을 테니까. 너 따위가 치마폭으로 휘두를 남자가 아니다."

그의 차가운 경고에 수란이 눈을 흘기며 콧방귀를 뀌었다.

"흥, 너 따위라……. 너무 무례한 말 아닌가요? 자꾸 잊으시는 것 같은데 우리는 한 배를 타고 있어요."

"그러니까 쓸데없는 욕심을 부리지 말라는 얘기다. 분에 넘치는 욕망은 재앙을 부르는 법이야."

"그건 천 분타주의 의사에 달린 겁니다. 남녀 관계에 천마검께서 가타부타 끼어드는 것은 아니라고 봅니다만?"

백운회는 눈살을 찌푸렸다.

하지만 수란의 말이 옳았다. 천류영이 그녀를 품건 말건 자신이 상관할 이유가 없었다.

천류영이 어리둥절한 얼굴로 둘을 번갈아 보고는 말했다.

"잠깐만요. 지금 유혹이라고 하셨습니까?"

백운회가 혀를 차고는 대꾸했다.

"이런 쪽으로는 완전 쑥맥이군. 천류영, 하오문주는 네가 마음에 들었나 보다."

"설마요?"

천류영이 가당치도 않다는 표정을 짓자 수란의 눈꼬리

가 살짝 올라갔다.

"제가 너무 연상이라 그렇다면 이곳에서 가장 어리고 예쁜……."

천류영이 손사래를 치며 질겁해 말을 끊었다.

"어! 안 됩니다! 안 돼요!"

수란의 눈동자가 흔들렸다. 빈정이 상한 그녀가 눈살을 찌푸리며 물었다.

"알았어요. 그런데 뭘 그렇게까지 격하게 거절하시는 거죠? 혹시 사내로서 무슨 문제라도?"

천류영도 이렇게까지 격렬하게 반응한 제 모습에 당황하다가 마음속에서 자연스럽게 우러나오는 대답을 했다.

"제가 좋아하는 사람이 있습니다."

수란은 기가 막힌 표정으로 천류영에게서 백운회에게 시선을 돌렸다.

천마검은 아내가 있다고 말하더니 이 사람마저!

그녀는 숨을 들이켜고 천류영에게 다시 추파를 던졌다.

"영웅은 호색이고 삼처사첩이 기본인데……."

"어휴, 그럼 저 맞아 죽을 겁니다."

"……."

씨알도 먹히지 않는다.

백운회가 웃음을 참는 가운데 수란이 어금니를 질끈 깨물었다.

왠지 어젯밤 천마검에게 거절당했던 기억이 새록새록 떠올랐다. 그래서 더욱 호승심이 일었다.

"천하의 무림서생께서 그리 겁쟁이셨나요?"

"예."

"……."

"그리고…… 그녀가 우는 모습을 보고 싶지 않습니다. 그러면 제가 더 아플 테니까요."

천류영은 독고설이 운다는 생각만으로도 진저리가 쳐졌다. 마차 사고 당시 그녀가 보인 눈물은 여전히 가슴에 콱 박혀 있었다. 그러면서 다시 자신의 속내를 확인했다.

자신도 모르는 사이에 그녀가 마음속 깊이 들어와 있다는 것을, 그것은 이제 자신의 의지로도 어찌할 수 없음을.

"수란 누님, 이런 얘기는 그만하죠. 그러니까 제가 마지막으로 하려던 말이 있는데……."

천류영이 멋쩍은 표정으로 뒤통수를 긁적거리다가 화제를 돌렸다.

"혹시 본 맹의 절강 분타에 귀문(貴門)의 간자가 있습니까?"

백운회가 흥미로운 표정으로 천류영을 보는 가운데, 수란이 당황스러운 얼굴로 답했다.

"아! 바로 빼내라고 지시를 내릴게요."

"아뇨, 제 말은…… 오늘 보내 드리겠다는 말을 하려

고요."

"그게 무슨?"

"간자들을 색출했습니다."

별것 아닌 듯 말하지만, 별것이 맞다.

수란이 눈을 몇 차례 껌뻑거리다가 피식 웃고 물었다.

"호호호, 그게 무슨 말이죠? 아니, 어떻게 그리할 수 있단 말이죠?"

천류영이 어제 낮에 분타에서 있었던 얘기를 간단히 요약했다.

백운회는 감탄의 미소를 머금었고 수란은 멍한 얼굴로 천류영을 보다가 입을 열었다.

"당신은 대체…… 누구죠?"

"예?"

"아, 아니에요. 당신은 신임 분타주. 그러네요. 무림서생이죠. 사천의 영웅들 중 수좌, 무림서생…… 하아. 그걸 깜빡 했네요. 그래도 이건 너무……."

수란은 차마 말을 잇지 못하고 고개를 숙이며 잇따라 나오려는 한숨을 삼켰다.

자신의 수하 중 이런 사람이 있다면 얼마나 좋을까라는 생각이 절로 들었다. 그렇다면 무공에 젬병이라도 신주 받들 듯 모시리라.

그렇게 길고도 짧은 새벽이 끝났다.

이날 백운회가 천류영에게 한 부탁, 그러면서 배교의 힘이 예상보다 강할 경우 돕겠다고 한 약속.

이 두 가지가 훗날 둘의 운명을 송두리째 바꿔 버릴 것이라고는 아무도 예상하지 못했다. 그리고 천하의 운명마저.

제17장
싸움을 시작하기 전에

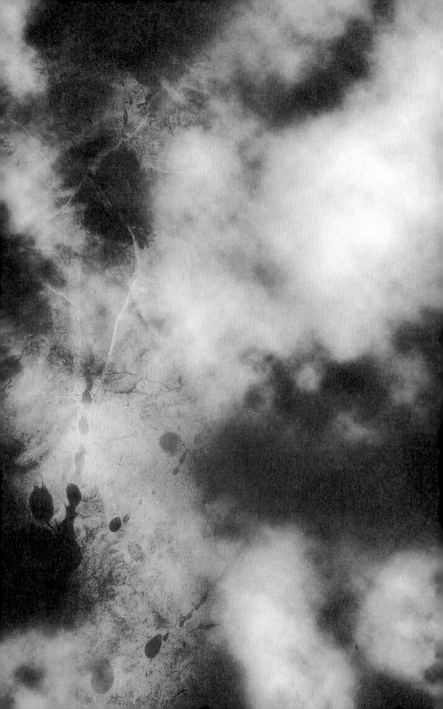

1

다음 날 저녁.

절강 분타의 정문 앞에는 번을 서는 선위무사 두 명 외에 독고설과 조전후가 나와 있었다.

독고설은 담담한 표정이었는데 조전후는 기분이 좋지 않은지 연신 구시렁거리고 있었다.

"젠장, 뭐야? 왜 내가 빠져? 이게 말이 돼?"

그가 쉼 없이 투덜거리자 결국 독고설이 입을 열었다.

"그만 좀 하세요. 천 분타주께서 이미 결정한 거잖아요."

조전후가 울컥했다.

"그러니까요. 천 공자가 어떻게 나를……."

독고설이 그의 말허리를 싹둑 끊었다.

"아저씨, 공자가 아니라 분타주님이세요."

조전후가 찰나 움찔했다가 바로 울분을 토했다.

"하여튼! 왜 분타주의 호위가 내가 아니라 알지도 못하는 놈이랍니까?"

"분타주께서 그렇게 결정한 것을……."

이번엔 조전후가 그녀의 말꼬리를 삼켰다.

"아가씨는 바득바득 우겨서 호위가 됐지만 저는요?"

독고설은 머쓱한 얼굴로 웃다가 앞을 보고는 정색했다.

"오네요."

그녀의 말에 조전후가 눈에 쌍심지를 켜고 고개를 홱 돌렸다.

서서히 노을이 지는 길 위를 방립을 쓴 사내가 걸어오고 있었다.

붉어지는 하늘과 서호의 물결에 반사된 햇빛이 그를 비추며 묘하게 신비로운 느낌을 자아냈다.

"아가씨, 나 말리지 마십시오. 오늘 사고 한 번 칩니다."

독고설이 눈살을 찌푸리며 말했다.

"우리를 도와줄 은거기인의 제자라고 했어요. 그리고 분타주님의 귀한 손님이고요."

"누가 뭐랍니까? 그냥 실력이 쓸 만한지만 볼 겁니다."

"하지만……."

"아가씨도 궁금하지 않습니까?"

"……."

"저놈 실력이 형편없으면 분타주뿐만 아니라 아가씨도 위험해질 수 있습니다."

독고설은 침묵했다. 사실 그녀도 저 정체불명의 사내가 어느 정도의 실력을 가지고 있는지 궁금했으니까.

천류영이 전날 낮에 돌아와 저기 오고 있는 방립사내가 측근 호위가 될 것이라는 선언을 했다. 그에 많은 사람들이 기함했다.

물론 천류영의 지시를 받은 위충이 어쩔 수 없이 자신이 알고 있는 은거기인의 제자라고 거짓말을 했지만, 그 은거기인의 정체가 모호했기에 사람들은 천류영에게 계속해서 재고(再考)를 부탁했다.

하지만 천류영 역시 물러서지 않았다. 그는 더 나아가 초강수를 뒀다. 자신의 명이 서지 않으면 분타주를 사퇴하겠다고!

결국 타협점은 이쪽의 사람도 최소 한 명은 분타주의 측근 호위가 되어야 한다는 것이었다.

그게 독고설이 된 것이다. 결국 조전후는 탈락됐고 말이다.

마침내 방립사내가 앞에 다다랐다.

감정이야 어떻든 천류영의 손님이다. 그렇기에 독고설이 앞으로 나서 정중하게 포권을 취했다.

"검봉 독고설입니다. 뵙게 되어 반갑습니다."

방립 아래로 중년인의 인피면구를 둘러쓴 백운회가 가볍게 포권을 취하고 대꾸했다.

"반갑소."

독고설의 눈살이 절로 찌푸려졌다. 뒤에 있던 조전후가 앞으로 나섰다.

"그게 다요? 최소한 자신의 별호나 이름은 밝혀야 하는 것 아니오?"

"천류영이 뭐라고 내 소개를 했소?"

독고설이 날 선 목소리로 받아쳤다.

"절강 분타의 분타주님이십니다. 함부로 이름을 말하는 건 실례가 아니겠습니까?"

백운회는 소리 없이 웃었다. 그의 어깨가 흔들리는 모습을 보며 독고설과 조전후, 그리고 두 명의 선위무사가 얼굴을 구겼다.

백운회는 고개를 주억거리며 입을 열었다.

"실례했군. 분타주께서 편하게 이름을 불러도 된다고 해서 말이오."

"마치 오래 알고 있는 사이처럼 말씀하십니다?"

"글쎄, 한 번 만나도 그럴 수 있는 사람이 있고, 평생 보아도 어려운 사이가 있겠지. 안 그렇소?"

조전후가 발끈했다.

"제길, 지금 말장난하는 것도 아니고, 당신 정체나 알려 주시오. 아니면 당신 스승님인 은거기인의 존성대명을 말해 주든지."

"은거기인이라⋯⋯. 후후후, 재미있군."

독고설의 눈에 이채가 스쳤다.

"스승님께서 은거하고 계신 분이 아닙니까?"

"아니, 뭐 그럴 수도 있고 아닐 수도 있소. 워낙 종잡을 수 없는 분이라 말이오."

백운회는 어이가 없어 말문이 막힌 그들을 보며 계속 말했다.

"그런데 천류영이, 아! 미안하오. 분타주께서 날 이렇게 대하라고 했소?"

그 말에 독고설이 입술을 깨물었다.

"원래는 함께 기다리고 계셨는데 안에 급한 볼일이 생겨서 좀 전에 자리를 비웠습니다. 그분께서는 귀하를 아주 정중히 모시라고 지시했습니다."

"그렇군. 조금 실망할 뻔했소."

"저를 따라오십시오. 함께 저녁 식사를 하신다고 들었습니다. 그곳에서 마지막으로 작전 점검이 있을 예정입니다."

독고설이 앞장서서 걸으려는데 조전후가 백운회를 막아 섰다.

"잠깐!"

백운회는 고개를 갸웃거리고 말했다.

"나에게 볼일이라도?"

조전후는 기가 막힌다는 표정으로 입을 벌리고 양손으로 제 머리를 박박 긁었다.

"크허허허. 나 참. 기가 막히네. 당신 말하는 거 은근히 사람 기분 나쁘게 하는 것 아시오?"

"그런가?"

"그렇소."

"그래서?"

"그래서? 크허허허. 정말 돌아 버리겠네. 정체도 끝까지 밝히지 않고 이대로 들어가시겠다?"

"분타주께 물으면 될 일 아니오?"

조전후가 짝 다리를 짚고는 사나운 표정을 지었다.

"은거기인의 제자분!"

"말하시오."

"원래 내 자리를 당신이 꿰찼는데, 실력 한 번 봅시다."

"……."

"나도 솔직히 무례한 건 아는데, 우리도 뭔가 믿을 만한 구석은 있어야 할 것 아니오? 당신은 잘 모르나 본데 우리 분타주가 예사 사람이 아니야. 개나 소나 호위가 될 수는 없는 노릇이라고."

백운회는 침묵하며 조전후를 방립의 찢어진 틈으로 쳐다보았다. 그러자 조전후가 피식 웃고는 말했다.

"쫄았소?"

"……."

"내 인상 보고 쫄았나 본데, 너무 걱정하지 마시오. 살살 할 테니까. 나도 우리 분타주의 손님을 상하게 할 생각은 없소."

지켜보던 독고설은 속으로 '거짓말'이라고 말했다.

지금 조전후는 방립사내의 팔이나 다리 하나를 부러뜨릴 작정일 것이다. 그래서 빼앗긴 호위 자리를 되찾으려는 심산이다.

말려야 한다는 생각이 들었지만 그녀는 침묵을 선택했다. 아까 조전후의 말처럼 이 사람의 실력을 알 필요가 있으니까.

오늘 밤 출정하면 자신은 저 사람과 단둘이서 천류영을 지켜야 했기에.

물론 실력만 파악하면 끼어들어 비무를 막을 생각이었다. 아무도 상하지 않는 선에서.

조전후가 머리를 긁적이며 말했다.

"진짜 쫄은 거요? 음, 그렇다면 진검이 아니라 목검으로…….."

백운회가 입을 열었다.

"당신을 죽여도 되나?"

"……!"

조전후가 당황해 말문이 막히자 백운회가 다시 말했다.

"안 되겠지? 그럼 다시 묻지. 천류영과, 아니지. 분타주와 얼마나 가까운 사이지? 가까우면 적당히, 멀면 크게 다치게 될 거다."

조전후의 양 뺨이 분노로 부들부들 떨렸다. 태어나 이런 모욕은 처음이었다. 그가 이를 바드득 갈며 말했다.

"멀다. 아주 먼 사이다. 그러니까 진심으로 해봅시다."

동시에 독고설도 말했다.

"가까워요. 분타주님과 아주 친해요."

조전후가 흉신악살 같은 얼굴을 찌푸리며 독고설을 보았다.

"아가씨!"

독고설은 미안하다는 표정을 지었다.

하지만 그녀의 바지 속에 숨겨진 다리는 잔경련을 일으키고 있었다.

방립사내가 조전후를 향해 죽여도 되냐고 물었을 때, 말로 형용할 수 없는 섬뜩함이 전신을 강타했다.

그건 딱히 어떤 기운이 아니었다.

그냥 느낌이었다. 도저히 어떻게 할 수 없는 거대한 산이 눈앞을 가로막는 것 같았다. 그리고 결코 피할 수 없는 창이 짓쳐 드는 것 같기도 했다.

그런데 불현듯 어디선가 이런 장면을 본 것 같은 기시감이 떠올랐다. 또한 방립사내의 목소리도 들어 본 것 같은 느낌이 들었다.

백운회는 낮게 '호오!'란 감탄성을 내뱉고는 독고설을 보았다.

"몰라보게 성장했군."

독고설이 눈을 동그랗게 뜨고 물었다.

"저, 저를 본 적이 있군요? 그렇죠?"

백운회는 어깨를 으쓱하고 말했다.

"그래."

"언제죠?"

"내가 말해 줄 의무라도 있소?"

독고설이 입술을 깨물었다. 머릿속이 근질근질한 기분이었다. 잠시 지켜보던 조전후가 다시 분통을 터트렸다.

"아, 정말 말하는 거 진짜 싸가지네. 아가씨, 뭘 그런 것 가지고 고민합니까? 아가씨를 훔쳐보겠다고 난리치는 사내들이 한둘도 아니고. 저자를 지나가다 우연히 봤겠지요."

그는 백운회에게 고개를 돌리고는 말했다.

"붙읍시다. 목검을 준비해 올 테니……."

"당신 정도는 검까지 쓸 필요가 없을 것 같은데."

조전후가 뒷목을 움켜잡았다.

"뭐, 이런 개 같은……."

"그리고 나는 단 한 번도 목검을 잡은 적이 없소."

"……!"

"아주 어렸을 때에도 진검으로 생사투를 겨뤘소. 그렇게 시신과 피를 밟고 전장에서 살았었소."

조전후의 목젖이 꿀렁거렸다. 방립의 틈에서 흘러나오는 안광이 목소리만큼이나 소름 끼치게 차가웠다.

조전후도 산전수전 다 겪은 인물이다. 그도 방립사내가 보통 인물이 아님을 깨닫기 시작한 것이다.

그의 무사로서의 본능이 뒤늦게나마 발동했다.

이자, 아주 위험한 사내다!

그럼 그렇지, 천류영이 허접한 인간을 초빙했겠는가.

조전후가 머릿속에 켜진 경고등으로 주춤하는데, 뒤에서 지켜보던 선위무사들이 그를 응원했다.

"야차검 님. 본때를 보여 주십시오."

"진검으로 상대해 주십시오."

백운회가 그들을 흘낏 보고는 고개를 주억거리며 입을 열었다.

"야차검이라. 분타주와 가까운 사이라 하니 손목 하나로 끝내 주겠소."

조전후는 오싹한 기분이 들었다. 그걸 숨기기 위해 태연하게 고개를 내려 자신의 손을 보았다.

손목이라.

"어느 손을……?"

백운회가 무덤덤하게 대꾸했다.

"나는 늘 칼 든 손을 선호하오."

오른손이다. 그럼 검사로서의 생명은 끝난 거나 다름없다.

두 선위무사가 목청을 높였다.

"야차검 님, 혼쭐을 내줘야 합니다."

"다시는 저런 건방을 떨지 못하게 해야 합니다."

결국 독고설이 그들을 제지하고 나섰다.

"지금 뭐하는 겁니까? 분타주님의 손님입니다."

조전후는 심호흡을 하고는 고개를 들어 백운회를 정면으로 마주 보았다.

"흠…… 우리 아가씨의 말마따나 분타주의 손님이니 내가 참겠소."

"……."

"운 좋은 줄 아시오."

그는 자신도 모르게 왼손으로 자신의 오른 손목을 감싸

고 있었다.

백운회가 피식 웃고는 조전후의 곁을 지나가다 잠깐 멈추고는 낮게 말했다.

"그 정도의 위기 본능이면 어디에서 객사하진 않겠소."

"……."

"하지만 분타주의 호위가 되려면 더 강해져야 하지 않겠소? 정말 무시무시한 괴물이 그를 노린다면 어찌하려고?"

조전후는 이를 악물었다. 전신에 소름이 퍼졌다.

숨조차 쉴 수가 없었다.

독고설이 그를 데리고 안으로 들어간 후에야 조전후는 깊은 숨을 내쉬었다.

식은땀으로 등이 축축하게 느껴졌다.

그는 앞을 멍하니 보다가 탄식했다.

"세상에는 상상도 못할 강자가 많구나! 어허, 어서 엄청난 기연을 찾아야 할 터인데."

그는 이곳에서의 싸움이 마무리되면 곧바로 절강성의 명산들을 뒤져 봐야겠다고 굳게 다짐했다.

*　　　*　　　*

천류영이 백운회를 기다리다가 자리를 비운 건 지하 뇌

옥에 있는 서문창의 호출 때문이었다.

서문창은 뇌옥 안에 가져다 놓은 푹신한 태사의에 앉아서 맞은편의 천류영을 쏘아보았다.

"천 분타주. 내가 황당한 얘기를 들어서 말이지. 오늘 밤 사오주를 급습한다는 얘기가 떠돌던데 사실인가?"

서릿발같이 차가운 목소리. 그러나 천류영은 빙그레 웃고 담담하게 대꾸했다.

"반은 맞고, 반은 틀립니다."

서문창 옆에 서 있던 서문립 맹호대주가 미간을 찌푸리며 물었다.

"분타주, 말장난도 아니고 그게 무슨 말씀입니까?"

말하는 내용이나 태도는 정중했으나 어투는 가시가 박혀 있었다.

"사오주가 아니라 일본벌입니다."

"⋯⋯!"

"저는 일본벌을 야습할 겁니다."

서문립이 기가 찬 얼굴로 천류영을 쏘아보다가 사부에게 시선을 돌렸다.

서문창은 잠시 눈을 감고 있다가 다시 뜨고는 말했다.

"하지 마시게."

"할 겁니다."

"일본벌 뒤에 보타산의 왜구가 있네. 그들은⋯⋯ 모두

가 진짜 정예들이지."

"압니다."

서문창의 이마에 힘줄이 돋아났다.

"안다고 말했나? 그들이 우리에게 쳐들어오면 어떨 것 같은가? 어려운 싸움이네. 설사 이기더라도 태반이 죽어 나가 상처뿐인 승리가 될 것이야!"

그가 격분해 말하는데 천류영은 여전히 담담하게 대꾸했다.

"그렇겠지요."

"허! 답답하군. 머리 좋다는 분타주가 내 말을 못 알아 듣는 건가? 왜구의 정예를 상대로 이기기도 어렵거니와, 이겨도 우리는 사오주에게 먹힐 거네."

천류영이 자리에서 일어났다. 그러자 서문창이 진노했다.

"앉으시게!"

"제가 좀 바쁩니다."

"살기 위해 나와 손을 잡은 것이 아니었나? 그런데 지금 무슨 해괴한 짓을 벌이려는 건가?"

"제 뜻을 따라 싸우겠다는 지원자를 받으니 절반 정도가 되더군요. 나머지 절반은 고문님을 따르는 거겠지요?"

"……."

"솔직히 함께 싸우자고 고문님을 설득하고 싶습니다.

하지만 고문님께서는……."

"싸우지 않을 것이네."

천류영이 고개를 주억거리며 말을 받았다.

"예, 그럴 것 같았습니다. 고문님은 저와 비슷한 부류
니까요."

"나도 그렇게 생각했었는데 지금 보니 잘못 판단했던
것 같군."

천류영은 잠시 말없이 서문창을 바라보며 묘한 미소를
머금었다. 그 표정이 이상해 서문창이 물었다.

"왜 그렇게 웃는 건가?"

"저는 살아야겠습니다. 그리고 출세할 겁니다."

"……?"

"제가 드릴 수 있는 말은 이것뿐입니다."

"……!"

천류영이 몸을 돌렸다. 그러자 서문창이 급히 말했다.

"뭔가 있군. 그렇지?"

천류영은 속으로 회심의 미소를 지었다. 이 능구렁이가
반응하기 시작했다.

그러나 쉽게 넘어오지 않으리라는 것도 이미 짐작하고
있었다.

"무슨 말인지 모르겠습니다."

"자네……."

"이것 하나는 약속드리죠. 고문님과 고문님을 따르는 사람들은 아무 피해 없이 이곳을 빠져나가게 될 겁니다. 그러니 너무 걱정하지 마시고 편하게 쉬십시오. 곧 뇌옥에서도 빼내 드릴 테니까요."

"……."

"그럼 저는 바빠서 이만."

천류영은 뇌옥 가득 갇혀 있는 서문세가 사람들을 보면서 당당하게 걸어 나갔다.

천류영이 그렇게 뇌옥에서 빠져나가자 서문립이 고개를 갸웃거리며 입을 열었다.

"분타주를 막아야 하는 것 아닙니까?"

"막아? 그럼 무림서생과 싸우기라도 하겠다는 말이냐? 그걸 피하기 위해 우리가 이곳에 들어왔다는 걸 잊은 게야?"

서문창, 그는 사신의 꾀에 빠졌다.

안전하게, 그리고 천천히 상황을 지켜보기 위한 결단이 그의 선택을 제한하고 있다는 것을 아직 깨닫지 못했다.

또한 그것을 깨달았다고 해도 그가 여기서 갑자기 천류영에게 협조하거나 막아설 수는 없었다.

그는 그렇게 자신도 모르는 사이에 진퇴양난의 늪으로 빠져들고 있었다.

서문립이 어깨를 움츠렸다가 말했다.

"어쨌든 분타주가 저러는 데는 이유가 있지 않겠습니까? 뭔가 이상합니다."

서문창이 이마에 손을 얹고는 중얼거리듯이 말했다.

"뭔가 있어. 저놈은 뭔가 알고 있는 거야."

"그게 뭘까요?"

서문창의 눈에서 기광이 일었다.

"어쩌면…… 이 진창에서 빠져나갈 방법일지도."

무림맹주나 총군사가 모종의 함정을 팠다.

무림서생은 지금 그 함정에서 빠져나갈 방법을 찾았다고밖에 생각할 수 없었다.

2

서문립이 숨을 죽이고 있다가 말했다.

"일단 협조하는 척이라도 해야 하는 것 아닙니까? 그러면서 그의 곁에서 지켜보는 게……."

서문창은 한참을 침묵하다가 고개를 저었다.

"야습이 오늘 밤. 시간이 얼마 남지 않았다. 어쩌면 무림서생은 우리가 시간에 쫓겨 협조하기를 바라는 것일지도 모르지."

"……."

"판단은 늦을수록 좋다. 확신이 서지 않는 이상 움직이면 손해일 뿐이야."

"예……."

"그리고 어쩌면 무림서생은 우리를 농락하고 있는 것일지도 모른다. 이럴 때일수록 경우의 수를 따져가며 냉정해져야 하는 법이야. 차분해야 한다. 차분해야 해."

서문립은 고개를 주억거렸다.

그러면서 사부가 말하는 차분하라는 대목이 왠지 자신이 아니라, 당신 스스로에게 하는 주문처럼 들린다고 느꼈다.

어쨌든 서문창이나 그의 가슴엔 알 수 없는 불안한 먹장구름이 걷잡을 수 없이 몰려들기 시작했다.

운명을 결정할 수도 있는 모종의 음모가 자신들도 모르는 사이에 급박하게 진행되는 것 같은 느낌이 들었기 때문이었다.

사람이라면, 그런 상황에서 평정심을 유지하는 건 사실 불가능했다. 그렇게 노회한 서문창은 자신도 모르는 사이에 서서히 침몰하고 있었다.

*　　　*　　　*

무림맹 절강 분타의 대(大)회의실.

독고설뿐만 아니라 낭왕 방야철, 서언 주작단주처럼 천

류영이 이끌고 온 장수들, 그리고 분타에서 천류영의 개혁 의지에 찬동하는 고위직과 중간 간부들이 모여 있었다.

그 인원이 무려 백여 명.

몇 줄로 길게 늘어선 탁자에 사람들이 마주 보고 앉아 있었다. 그들의 앞에는 음식이 놓여 있었다.

함께 식사를 하면서 일본벌 정벌을 위한 책략의 마지막 점검을 하려는 것이었다.

식어 가는 밥을 앞에 놓아 둔 그들은 곁의 사람들과 수군대며 한 사람을 주목하고 있었다.

중앙의 가장 뒷자리에 앉은 방립사내.

모두가 탐탁지 않은 시선으로 그를 보았다.

하지만 그는 전혀 동요의 기색 없이 꼿꼿하게 등허리를 편 채 앉아 있었다.

사람들은 그의 정체를 캐묻고 싶었다. 하지만 그에게서 느껴지는 묘한 기도가 그것을 하지 못하게 만들었다.

문가 쪽의 가장 앞자리에 있던 방야철이 그를 가만히 지켜보다가 불쑥 입을 열었다.

"은거기인의 제자라고 들었소."

낭왕이 입술을 열자 곳곳에서 수군거리던 사람들이 입을 다물었다.

방야철의 말에 백운회가 고개를 주억거리며 답했다. 그를 쳐다보지도 않고 정면을 응시하면서.

"그렇소."

제법 넓은 회의장에서 앞쪽과 뒤쪽에 위치한 사내들의 대화. 자연스럽게 사람들의 고개가 분주하게 움직였다.

하지만 낭왕과 방립사내의 목소리 외에는 일체의 소음도 없었다.

"별호나 이름을 알려 줄 수는 없소?"

방야철의 물음에 백운회가 담담하게 대꾸했다.

"별호는 없고, 이름은…… 그냥 무명(無名)이라고 합시다."

사람들의 얼굴이 찌푸려졌다.

이름를 밝히고 싶지 않다는 의사를 전달한 것이다.

창가 쪽의 오성검 장로가 쓴웃음을 깨물고 입을 열었다.

"우리를 도와주실 고수분이라고 들었는데 정체는 밝히고 싶지 않은가 봅니다?"

백운회가 답했다.

"그렇소."

방야철이 다시 말했다.

"그래도 그 방갓은 벗어 주는 게 최소한의 예의가 아니겠소?"

그 말에 백운회가 고개를 끄덕였다.

"근래 익숙하다 보니 깜빡했소."

그가 방립을 벗었다. 딱히 특징이 없는 평범한 중년인의 얼굴이 드러났다. 다만 그의 눈에서 흘러나오는 안광만큼은 예사롭지 않았다.

방야철이 그런 백운회를 뚫어지게 보다가 흥미롭다는 표정을 지었다.

"인피면구를 썼소?"

그러자 백운회의 고개가 처음으로 움직였다. 그가 엷은 미소를 지으며 방야철을 직시했다.

"바로 앞에서 봐도 알아차리기 힘들 텐데. 대단한 안력이군. 그대는 누구시오?"

방야철 옆에 있던 독고설이 대신 입을 열었다.

"낭왕 대협이십니다."

백운회의 눈에 이채가 스쳤다.

"호오, 그대의 명성은 오래전부터 들었소. 반갑소."

중간에 있던, 평소에 낭왕을 흠모해 오던 분타의 무서각(武書閣) 각주가 발끈하고 끼어들었다.

"대체 당신은 누구기에 낭왕 대협을 그리 편하게 대하는 겁니까? 나이도 훨씬 어려 보이는데."

"훗, 재밌는 말이오. 당신이 본 건 인피면구란 가면인데 어찌 내 나이를 추정한 거요?"

무서각주가 당황하다가 대꾸했다.

"그야 목소리가……."

"내가 목소리가 좀 젊은 편이오."

"……."

"그리고 나도 나이를 먹을 만큼 먹었으니 대충 넘어갑시다. 나야 잠깐 당신들을 돕다가 떠날 사람이니까."

회의실의 분위기가 차갑게 가라앉았다. 결국 독고설이 한숨을 삼키고 자리에서 일어났다.

"분타주께서 어렵게 초빙한 분이십니다. 그리고 우리를 도와주러 온 분이에요."

서언이 불편한 기색으로 말을 받았다.

"그래도 최소한의 예의란 것이 있는 게 아닙니까? 소개도 귀찮으니 넘어가자고 하고……. 함께 싸워야 할 사람으로서 기본이 안 되지 않았습니까?"

백운회는 손가락으로 이마를 긁적이며 웃었다.

"나는 분타주와 독고 소저하고 움직인다고 들었소. 당신들과는 함께 싸우시 않을 테니 걱정하지 마시오."

"지금 그런 말을 하는 게 아니잖소? 함께 일을 하면서 가면이나 뒤집어쓰고……."

백운회가 서언의 말을 끊었다.

"어려서 화상을 입어 얼굴이 흉측하오."

"……."

"그만합시다. 나는 당신들과 싸우러 온 것이 아니오."

잠시 침묵하며 지켜보던 방야철이 눈을 빛내며 물었다.

"이곳에서 회의를 끝내고 작전 나가기 전, 가볍게 비무를 하고 싶은데."

그의 말에 회의실에 있는 대부분이 눈을 치켜떴다.

천하의 낭왕이 비무 신청을 하다니.

독고설 옆에서 고개를 푹 숙이고 있던 조전후가 눈을 빛내며 낭왕과 백운회를 보았다.

백운회가 물끄러미 방야철을 보다가 묘한 미소를 머금었다.

"당신이라면 그런 말을 할 자격이 있지."

자연스러운 하대.

그러나 아무도 그 말투를 지적하지 않았다. 그가 말하는 내용이 더 충격적이었기에.

낭왕에게 비무를 요청할 자격이 있다는 말을 뱉을 수 있는 인간이 천하에 얼마나 되겠는가.

방야철의 입가에도 미소가 번졌다.

"수락하는 거요?"

"나야 생각이 있지만 분타주가 허락하지 않을 거요."

둘은 이미 천류영이 복도를 걸어오고 있는 것을 간파하고 있었다.

방야철이 물었다.

"허락한다면?"

"안 할 거요. 분타주는 당신이 다치는 것을 원하지 않을 테니까."

사람들의 벌린 입이 더 커졌다. 이거야말로 점입가경 아닌가.

그런데 화를 내야 할 당사자인 방야철은 여전히 미소를 머금은 얼굴로 말했다.

"서로를 다치지 않게 하는 조건으로 반 각만 붙는다면 분타주도 허락할 거요."

백운회의 이맛살이 찌푸려졌다.

"이런, 실망인걸."

"……?"

"당신과 내가 붙는데 아무런 부상도 없이 끝날 수 있다 고 생각하오?"

"…… ."

"한 번만 칼을 부딪쳐도 당신의 피가 끓을 거야. 끝까 지 가고 싶은 갈증에 목마를 테고. 그 충동에 휩싸이는 순 간 당신은 목숨을 걸어야 할 거요."

사람들이 그의 광오함에 질려 가는데 방야철만이 계속 웃으며 대꾸했다.

"나는 곤륜의 무적검과도 실전과 같은 비무를 숱하게 해 왔소. 그러니……."

백운회가 고개를 저으며 말을 끊었다.

"나는 무적검이 아니오."

그때 천류영이 문을 열고 안으로 들어섰다. 덕분에 백운회와 방야철의 대화가 끊겼다.

천류영은 자신을 보는 사람들을 훑고는 백운회를 보았다.

"오셨군요. 마중 나가지 못해 죄송합니다."

백운회가 고개를 주억거리며 대꾸했다.

"괜찮다."

그의 말에 사람들의 얼굴이 일그러졌다. 독고설이 입을 열었다.

"무명 님, 분타주라고 이미 말씀드렸습니다. 하룻밤 본 사이라고 들었는데, 그 시간에 두 분이 얼마나 가까워졌는지는 모르겠지만 이 자리는 공식석상입니다."

백운회가 혀를 차며 웃었다.

"알았소. 이것 참…… 전투보다 이런 자리가 훨씬 어렵군."

천류영이 소리 없이 웃고는 자신의 자리에서 말했다.

"이미 여러분께 말했지만, 위충 님의 소개로 알게 된 분입니다. 나이를 떠나 뜻이 통했지요. 또한 학식과 무공이 높으신 분입니다. 그래서 제가 의형으로 모시기로 했으니 저분의 언행에 이해를 바랍니다. 사람과 소통하는데 영 재주가 없는 분이거든요."

그의 말에 사람들의 얼굴에 불만이 어렸다. 그리고 몇

몇 사람들에게는 부러움과 질투가 어렸다. 의형으로 섬기
겠다는 말은 금시초문이었기에.

백운회도 마찬가지였다. 자신의 사회성이 낙제라고 질
타하는 천류영을 보면서 쓴웃음을 깨물었다.

천류영은 누군가에서 불만이 터져 나오기 전에 급히 화
제를 돌렸다.

"저 때문에 밥이 식었군요. 어서들 드십시오."

모두가 식사를 하기 시작했다. 천류영 역시 밥을 먹다
가 한숨을 흘렸다.

싸움 전 긴장을 풀려고 단체 식사를 기획했는데 역효과
였다.

천류영이 가장 뒤에 자리한 백운회를 보며 눈살을 찌푸
렸다. 그 눈빛과 표정은 어지간하면 좀 사람들에게 맞춰
주지 그랬냐는 의미를 담고 있었다.

하지만 백운회는 묵묵히 식사에 열중했다.

기실 천류영은 백운회가 자신의 사람들과도 조금이나마
친분을 맺길 원했다.

폭혈도의 말마따나 만약 자신과 천마검이 붙는 날이 온
다면 서로가 조금씩 양보하고 대화로 풀 수 있는, 실낱같
은 희망이라도 만들어 볼 심산이었다.

친분이 있는 사람이 많으면 많을수록 호감은 느는 법이
니까.

자신이 초지명이나 폭혈도에게 좋은 감정을 가지고 있기에 가능한 그들과 싸우고 싶지 않는 것과 같은 이치였다.

그리고 사람이 서로 친해지는 데에는 함께 식사를 하는 것만 한 게 없었다.

그런데 자신이 직접 천마검을 데리고 와서 소개시키며 분위기를 만들어야 했는데, 하필 그때 서문창이 부르는 바람에 계획이 망가져 버린 것이다. 그리고 또 하필 그때 천마검이 올 건 뭔가.

사람과 사람이 인연을 맺을 때, 첫인상이란 매우 중요하다. 그걸 만회하기 위해서는 수십 배의 노력이 필요한 법이니까.

그런데 그런 기회를 자신이 빠지는 통에 망쳤으니 애석하기 그지없었다.

'하긴 모든 게 내 뜻대로 이뤄질 수는 없는 거지.'

천류영은 밥과 반찬을 꾸역꾸역 넘기며 천마검과 묘하게 엇갈리는 운명을 아쉬워했다.

그렇게 썰렁하고 어색한 식사가 지나갔다. 시종들이 부지런히 그릇을 치워갔고, 앞자리엔 찻잔이 놓였다.

천류영이 소매를 걷어붙이고는 자리에서 일어났다. 그리고 자신의 뒤에 걸려 있는 항주의 지도 앞에서 말했다.

"여기 계신 분들은 다들 각자 공략해야 할 곳을 오늘

낮에 다녀오셨습니다. 그러니……."

그는 간부들이 야습해야 할 곳의 특징에 대해 최대한 요약해서 다시 설명했고, 그것을 간부들이 얼마나 숙지하고 있는지 점검했다.

그렇게 반 시진 정도의 시간이 흘렀고 천류영이 주도한 회의가 막바지에 다다랐다.

천류영은 한 치의 흐트러짐 없이 초롱초롱 눈을 빛내는 사람들을 보며 미소 지었다. 그리고 힘주어 한 마디 한 마디 또박또박 말했다.

"이제 한 시진 후면 우리는 출정하게 됩니다. 하늘도 버린 땅인 이곳에 사람의 온기가 스며들게 만드는 첫 발자국입니다. 여기 계신 분 중에 일본벌은 어떻게 쓸어버리더라도 그다음은 어쩌나라는 고민을 하고 계신 분들이 많을 것으로 압니다."

사람들은 숨을 죽이고 천류영을 주시했다.

"그분들에게 제가 드릴 수 있는 말은 이겁니다. 아주 유명한 말이지요."

"……."

"협을 행하고, 책임을 다하며, 명예를 지켜라. 그러기 위해서라면 죽음도 두려워해서는 안 된다. 그게 무사다."

좌중이 저마다 입가에 미소를 한가득 물었다. 그리고 어깨와 가슴을 펴고 고개를 주억거렸다.

천류영의 말이 이어졌다.

"가장 중요한 건 초심이고 기본입니다. 세상살이에 지쳤다는 이유로 그것을 잊게 되는 순간, 우리는 순수했던 시절 비난했던 비리와 부정부패를 저지르는 사람들이 활개 치며 살아가도록 길을 열어 주게 됩니다."

"……."

"침묵하고 외면할수록 악인들의 힘은 거대해지게 됩니다. 그들의 먹이는 무관심이니까요. 그리고 우리는 시간이 갈수록 초라해지겠지요. 더불어 우리의 아이들은 그런 우리를 보면서 용기와 도전이 아닌 굴종과 포기를 배우게 될 겁니다. 열정과 당당함이 아닌 자기비하와 한숨으로 인생을 살아가게 될 겁니다."

좌중은 눈을 빛내며 이를 악물었다. 그들의 가슴속에서 용암과도 같은 뜨거운 것이 치밀고 있었다.

천류영 역시 결연한 표정으로 그들과 마주하고 말했다.

"그래도 저는 두렵습니다. 내가 지금 내딛는 발걸음이 무모한 건 아닌가. 계란으로 바위를 치려는 건 아닌가. 그렇게 늘 두렵습니다. 하지만 저는 여러분을 믿고 앞으로 걸어가려고 합니다. 여러분이 지금 보이는 뜨겁고 형형한 눈빛이 캄캄한 제 앞길을 밝혀 줄 것이라 믿으면서 뚜벅뚜벅 나가려고 합니다."

독고설이 울컥해 입을 열었다.

"함께 갈 거예요."

좌중이 미소로 고개를 주억거렸다. 그들이 힘껏 주먹을 움켜쥐었다.

천류영 역시 환하게 웃으며 말했다.

"예, 그래야죠. 이제 여러분께서는 각자 맡은 수하들의 출정 준비를 마지막으로 점검해 주십시오. 그리고 그들에게 이 말을 꼭 전해 주십시오."

좌중이 귀를 쫑긋 세우고 숨을 죽였다.

천류영은 어깨를 으쓱하고 잠시 호흡을 고르다가 귀밑머리를 긁적거렸다. 그리고 입을 열었다.

"당신들이 자랑스럽다고. 당신들과 함께해서 영광이라고."

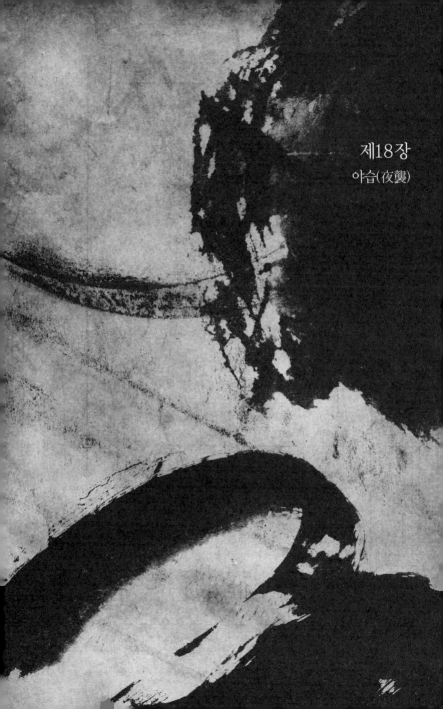

제18장
야습(夜襲)

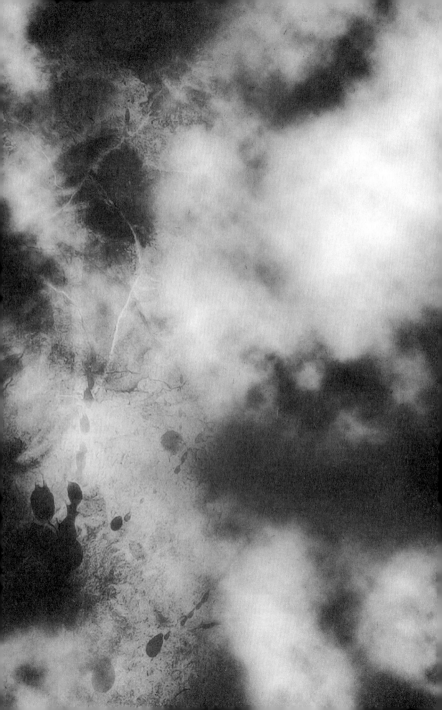

1

간부들 한 명, 한 명이 천류영과 마주하며 결연한 미소로 포권을 취하고는 회의실을 속속 빠져나갔다.

대연무장에서 진행하는 거창한 출정식은 없었다. 분타 내부에서 지켜보고 있을 서문창 쪽 패거리들과 쓸데없는 시비를 피하기 위함이었다.

이제 마지막 점검을 마친 조들은 각자 알아서 출발하게 될 것이다. 공략해야 할 일본벌 사업장이 먼 곳은 더 빨리 움직여야 한다. 그래야 동시다발적으로 야습을 할 수 있을 테니까.

백운회는 천류영을 뚫어지게 보다가 자신도 모르게 나

지막이 한숨을 뱉었다.

회의의 마지막을 장식한 천류영의 말도 좋았지만 무엇보다 일본벌을 야습하는 작전이 나무랄 데 없이 훌륭했다. 아니, 그 정도가 아니라 완벽했다.

정파의 야습조는 적의 인원과 고수의 배치에 맞춰 편성됐다. 일본벌의 소규모 사업장을 최대한 빨리 정리하고 중요한 거점을 도울 수 있게 효율적으로 동선을 짰다.

주요 사업장 중 예상보다 왜구의 정예들이 많이 몰려 있는 곳이 있더라도 어느 정도만 버티면 되는 것이다. 근처의 작은 사업장을 정리한 정파인들이 속속 도착해 지원해 줄 테니까.

그것뿐만이 아니다.

천류영은 위충이란 초로인이 위장 잠입해 파악한 일본벌의 정보와 비밀 장부를 참고하되 자신의 의견을 덧붙였다.

비상령이 발동된 일본벌.

그들은 항주루에서처럼 자신의 사업장 중 하나가 기습받을 시, 고수들이 근처에서 대기하다가 곧바로 달려갈 수 있게 해 두었을 것이다.

천류영은 그 고수들이 머물 것으로 예상되는 장소 여섯 곳을 추가로 선정했고, 그곳에 정파인의 정예를 집중 투입했다.

백운회는 천류영이 그 말을 할 때 자신도 모르게 손으로 허벅지를 내려쳤다.

신기할 정도로 자신의 생각과 일치해 놀랐던 것이다.

백운회의 감탄은 계속 이어졌다.

천류영은 그렇게 치밀하게 책략을 짰으면서도 돌발 사태까지 대비한 것이다.

각각의 조에서 한 명은 기습에 참가하지 않고 징을 가진 채 근처의 어둠에 숨어 있도록 지시했다.

사업장 중 어느 곳이 예상보다 전력이 막강해, 지원군이 도착하기 전에 큰 피해가 우려될 시 일단 후퇴한다. 당연히 왜인들이 추격에 나설 텐데, 그때 숨어 있던 자가 반대쪽에서 징을 치는 것이다.

그럼 왜인들은 또 다른 야습 부대가 있다고 판단하고 추격을 할 수 없게 된다.

일본벌 야습의 계획은 대범하면서도 꼼꼼했으며 불의의 사태에도 대비를 철저히 해 큰 피해를 입지 않도록 조치했다.

일부러 흠집을 잡으라고 해도 찾을 수가 없을 정도였다.

'천류영, 한편이라면 더없이 든든하고, 적이라면 예상보다 더 몸서리치게 무서운 녀석이구나. 능히 승리할 수 있는 일본벌을 상대하는 데에도 이렇게 치밀하다니!'

보면 볼수록 대단한 녀석이었고, 탐이 났다.

백운회는 고개를 절레절레 저으며 묘한 웃음을 깨물었다.

이번 싸움에 참가하길 잘했다는 생각이 뇌리를 스쳤다. 덕분에 지휘관으로서 천류영의 모습을 곁에서 가감 없이 지켜볼 수 있었으니까.

천류영이라면 마교와 흑천련을 충분히 막아 낼 수 있으리라는 확신이 드는 동시에 훗날 이 녀석과 맞붙게 된다면 어떻게 싸워야 할지 감이 잡힌 것이다.

백운회의 상념은 한 중년 사내의 큰 목소리로 인해 깨졌다.

서언 주작단주가 눈을 치켜뜨고 외치듯 말했다.

"분타주님, 이럴 수는 없습니다!"

회의실에는 어느새 천류영과 독고설 그리고 서언만 남아 있었다.

백운회는 흥미로운 눈빛으로 그들을 주시했다.

천류영은 차가운 표정이었고, 독고설은 곤혹스러워하고 있었다. 그리고 서언이라는 주작단주는 무슨 충격이라도 받았는지 부들부들 떨고 있었다.

서언의 말이 이어졌다.

"이곳을 나간 모든 분들은 주작단이 분타주님을 따라 움직이는 것으로 알고 있습니다."

천류영이 고개를 끄덕이며 대꾸했다.

"저를 따라오는 것 맞잖습니까?"

"그 뜻이 아니잖습니까? 일본벌에서 가장 핵심적인 항주루와 대일전장을 분타주님 혼자서 치겠다니요?"

"저 혼자가 아니라 저기 계신 무명 님과 독고 소저도 함께합니다."

지켜보던 백운회는 쓴웃음을 깨물었다.

일본벌주가 있을 확률이 가장 높은 세 곳 중 두 곳이다. 일본벌의 정예가 집중적으로 몰려 있는 곳.

나머지 하나는 항일상회. 그곳은 낭왕과 검풍대가 칠 계획이다.

어쨌거나 천류영은 자신을 제대로 우려먹으려는 심산이었다. 그래도 나쁘지 않았다. 자신이 얻은 것에 비하면 그 정도의 수고야.

서언은 어느새 홍시처럼 붉어진 얼굴로 반박했다.

"무명이라는 저분이 천하 제일인이라도 된답니까? 설사 그렇다고 하더라도 분타주님과 독고 소저가 얼마나 위험한⋯⋯."

천류영이 지겹다는 표정으로 그의 말허리를 싹둑 베었다.

"싸움에 나선 모두가 위험합니다. 저나 독고 소저만 특별한 건 아닙니다."

"그래도 이건 아니지요. 본 단도 함께 싸울 겁니다."

천류영이 냉담하게 대꾸했다.

"그러다 단주님께서 애지중지하는 수하를 잃게 되는 불상사가 생기면 어쩌려고요? 수하를 향한 애정이 깊이 전장을 고르시는 단주님 아니셨습니까?"

"……!"

서언의 얼굴이 구겨졌다. 그의 말문이 막히자 천류영이 계속 말했다.

"저희가 앞장서서 왜구를 처리할 테니 주작단은 싸움이 끝난 후에 들어와 갇힌 사람들을 풀어 주세요. 아! 혹시 저희가 싸우는 동안 도망치는 패잔병은 처리해 주시고요."

서언은 입술을 꾹 깨문 채 다시 한 번 몸을 부르르 떨었다.

천류영은 항주루와 대일전장을 공략할 부대를 알려 주지 않았다. 그리고 주작단의 임무도 없었다. 당연히 모든 이들이 주작단이 천류영을 따라 이 두 곳을 칠 것이라고 짐작했다.

독고설과 무명인은 천류영의 측근 호위이지 일본벌의 최정예와 직접 싸울 것이라고는 상상도 하지 못했던 것이다.

천류영이 싸늘한 눈빛으로 서언을 보며 말했다.

"저는 반 시진 후에 출발할 겁니다. 그러니 단주님께서는 어서 주작단원들에게 가서 마지막 점검을 하세요. 이러다 늦겠습니다."

서언은 가슴이 답답했다.

단원들에게 무슨 말을 하란 말인가?

무공도 약한 분타주가 두 명의 호위무사와 함께 무수한 왜구의 정예와 싸우는 것을 지켜보자는 말을 전하란 말인가?

삼백 명의 주작단은 분타주의 싸움이 끝난 후에 갇힌 사람들을 풀어 주는 일만 하면 된다는 통지를 하란 말인가?

서언이 입술을 꾹 깨물고 천류영을 쏘아보다가 말했다.

"그제 저녁에 제가 무례했다고 이런 모욕을 주시는 겁니까?"

천류영은 피식 웃고는 반문했다.

"모욕이라고 생각하시는 겁니까?"

"분타주님!"

"단주님께서 제게 말했습니다. 명은 따르겠다고. 그러면 따지지 말고 따르세요. 나는 지금 분타주로서 단주님께 명을 내렸습니다."

"……."

"이해할 수 없군요. 어려운 싸움을 피하고 싶어 하는

단주님과 주작단원들을 위해 제가 위험을 감수하겠다는데 뭐가 불만인 겁니까?"

지켜보던 백운회는 예상 밖인 천류영의 모습에 눈을 빛냈다. 잔정에 얽매어 무른 구석이 있다고 생각했는데, 일을 함에는 가차 없는 모습이었다.

서언은 주먹을 부르르 떨다가 고개를 숙였다.

"제가…… 잘못했습니다. 그러니 말도 안 되는 허무맹랑한 명은 거둬 주십시오. 어찌 분타주께서 가장 위험한 곳을 두 명의 호위만 대동하고 가시려는 겁니까? 섶을 지고 불속에 뛰어 들어가는 형세입니다."

노심초사하며 지켜보던 독고설이 그제야 끼어들었다.

"분타주님. 그렇게 하세요. 주작단주님도 진심으로 사과를 하고 있잖아요."

그러나 천류영은 차갑게 고개를 저었다.

"진심이 아닙니다."

"예? 하지만 지금 주작단주님은……."

천류영이 독고설의 말을 끊었다.

"지금 단주님은 본인의 체면이 손상되는 것을 걱정하는 겁니다. 무사가 싸움이 두려워 상관의 꽁무니 뒤에 숨어 있었다는 평판을 두려워하는 겁니다."

독고설은 반박하고 싶었다. 그러나 천류영의 표정이 너무 서슬 퍼런지라 결국 물러서고 말았다.

서언이 다시 고개를 조아리고 힘겨운 목소리로 말했다.

"설사 그렇다 하더라도 분타주님을 사지(死地)로 보낼수는 없습니다. 이것만은 진심입니다. 제발 저와 본 단이 분타주님과 함께 싸울 수 있게 허락해 주십시오."

천류영은 여전히 차가운 얼굴로 말했다.

"거절합니다."

"……."

"작은 도적 앞에서는 맹렬하게 칼을 휘두르고, 큰 도적 앞에서는 눈치를 살피는 당신은 저에게 필요 없습니다."

천류영은 고개를 돌려 백운회를 보며 말했다.

"형님, 가시지요."

백운회는 고개를 끄덕이며 일어나서는 후문을 통해 복도로 빠져나갔다. 천류영 역시 앞문을 나섰다.

그러자 망연자실해 있던 서언이 자신을 걱정스런 눈빛으로 보고 있는 독고설에게 부탁했다.

"검봉, 이건 아니잖소?"

독고설은 깊은 한숨을 내뱉고 위로했다.

"제가 가는 길에 설득해 볼게요. 일단 주작단원들에게는…… 잠시 지켜보는 것이라고 해 두세요. 설마하니 일본벌의 주요 거점 두 곳을 쳐야 하는데 세 명만으로 가능하겠어요?"

"검봉……. 주작단이 허수아비가 될 수는 없소!"

그의 격한 항변에 독고설의 아미가 살짝 찌푸려졌다.

"역시 그랬군요."

"……?"

"분타주님 말씀대로…… 정말 걱정하고 있는 건 체면이었네요."

서언이 당황하자 독고설이 쌀쌀하게 말했다.

"지금은 분타주님의 화가 풀리지 않았으니 명에 따를 수밖에 없잖아요. 하여튼 제가 잘 말해 볼게요."

"……"

그녀는 찬바람을 일으키며 문밖으로 나갔다. 마음 같아서는 한바탕 퍼부어 주고 싶었다. 천류영이 회의의 마지막에 한 말을 귓등으로 들었냐고 질타하고 싶었다.

수하를 아끼느라 그러는 서언의 마음은 십분 이해할 수 있었다. 하지만 전장을 고르고 체면과 위신에 얽매인다면 무사의 자격이 없는 것이다.

천류영과 무명 사내는 어느새 복도의 모퉁이를 나란히 돌고 있었다. 천류영이 거처하는 내실로 향하는 것이리라.

독고설은 뛰어서 모퉁이를 돌고는 계단을 올라 그들을 따라잡았다. 그리고는 천류영 옆에서 걸었다.

무명 사내가 천류영에게 말을 건네고 있었다.

"……그래서 무르다고만 생각하고 있었는데 제법이더구나."

천류영이 귀밑머리만 긁적거리자 백운회는 흘깃 독고설을 보았다가 말을 이었다.

"어쨌든 아주 재밌었다. 네 새로운 면을 봤어."

그 말에 독고설의 눈이 가늘어졌다. 정말 천류영과 무명 사내가 그제 밤에 처음 만난 사이가 맞는 걸까?

믿을 수 있는 위층 무사께서 보증하기는 했지만, 수많은 의혹이 머릿속에서 떠나지 않았다. 그러나 딱 꼬집어 '이거다!' 라고 할 만한 것이 없었다.

천류영은 싱긋 웃고 대꾸했다.

"형님이 생각하는 것보다 제가 차가운 구석이 많습니다."

백운회가 피식 실소를 뱉고는 딴죽을 걸었다.

"훗, 차갑긴, 내가 모를 줄 알았나?"

"예?"

"차갑기는커녕 너무 뜨거워서 델 것 같더군."

천류영이 당황하다가 계면쩍은 웃음을 터트렸다.

"하하하. 알아차리셨군요. 역시 형님이십니다."

"그렇게까지 서언이라는 자와 주작단을 끌어안고 싶은 거냐?"

독고설의 눈이 동그래졌다. 지금 천류영은 서언을 내치고 있는데 이건 또 무슨 말인가?

셋은 어느새 천류영이 거하는 내실 앞에 다다랐다. 천

류영이 문을 열고 안으로 들어가자 백운회와 독고설이 뒤따랐다.

천류영과 백운회가 내실 가운데 있는 원탁의 의자에 앉자 독고설은 자신이 앉아도 되는지 잠시 고민했다. 그러다 천류영의 뒤에 서는 것을 택했다.

그에 천류영이 당황하며 일어나 원탁의 의자를 빼고 말했다.

"소저, 여기 앉으세요. 이런 곳에서까지 호위를 설 필요는 없어요."

독고설이 민망한 얼굴로 미소 짓고는 자리에 앉자 천류영도 다시 착석했다.

백운회가 천류영을 직시하며 입을 열었다.

"너도 머리 아프게 사는구나. 그리 소심한 장수라면 나는 그냥 내쳤을 텐데."

천류영은 씁쓸한 표정으로 대꾸했다.

"한 번 맺은 인연은 소중한 겁니다."

"후후후, 너의 진심이 저자에게 전해질까?"

"애초에 글러먹은 사람이라면 저도 이런 노력을 하지 않았을 겁니다. 주작단주는 상처가 깊은 것뿐입니다."

"상처라……."

"주작단은 현무단과 달리 군소 방파의 사람들로 구성되어 있습니다. 대방파에 괄시받고 이용만 당했겠지요. 낭왕이 이끄는 백호단과 더불어 아픔이 많은 단체예요. 주작단주는 그런 수하들을 지켜 주고 싶은 것이고, 그 관심과 애정이 삐뚤어진 것뿐입니다."

"훗, 오지랖도 넓다."

백운회는 심드렁하게 말했지만 천류영은 제 주장을 꺾지 않았다.

"세상이 그를 눈치나 살피게 만들었지만, 저는 사람을 믿습니다. 세상이 사람에게 얽어매 버린 굴레일 뿐입니다. 그 누구라도 기회가 온다면 벗을 수 있다고 믿어요."

독고설은 둘의 대화를 들으며 천류영이 서언을 내친 것이 아니라 어떤 기회를 주고 있다는 것을 깨달았다.

백운회는 혀를 차며 탄식조로 말했다.

"너는 여전히 불나방 같은 사람을 믿는구나."

"저도 사람이니까요."

"하긴…… 나도 이제는 너를 조금은 이해할 수 있을 것 같다. 극한의 상황에 처했을 때, 나도 사람을 그리워하고 있더군. 내 동료들과 수하들."

"……"

"그러나 믿을 만한 사람만 믿어라."

"서언 단주는 믿을 만한 사람입니다."

"그래, 넌 그런 녀석이지."

조용히 경청하던 독고설은 방금 전, 자신의 몸에 벼락

이 관통하는 느낌을 받았다.

너무 놀라 숨까지 턱 막혔다.

또렷하게 기억났다.

사천에서의 지난 봄.

천마검이 천류영에게 물었다.

이리저리 휩쓸리는 불나방 같은 사람을 믿느냐고.

그리고 천류영은 대답했다.

사람이니까 사람을 믿어야 한다고.

독고설은 간신히 숨을 쉬면서 무명 사내를 직시했다.

저 남자의 목소리.

맞다. 그 사람이다.

체격도 딱 그 사람이다.

저 인피면구 뒤에는 분명 검상이 있으리라!

천마검 백운회.

어떻게 이런 일이?

독고설은 그제야 천류영이 자신들 셋이서 일본벌 두 곳
을 야습하겠다고 장담한 이유를 깨달았다.

저 사내라면 충분히 가능하니까.

혼자서라도!

그녀가 한 차례 몸을 부르르 떨다가 자신도 모르게 자
리를 박차고 일어났다. 그리고 두 걸음을 물러나 검파에
손을 올렸다.

백짓장처럼 하얗게 변한 그녀의 얼굴을 보면서 천류영과 백운회는 동시에 쓴웃음을 깨물었다.

　　천류영이 먼저 입을 열었다.

　　"아무래도 형님의 정체를 알아차린 것 같네요."

　　백운회는 입술을 꾹 깨물고 독고설을 보다가 말했다.

　　"용케 간파했군. 일 년 전 잠깐 스쳤을 뿐인데."

　　"……."

　　"오랜만이오, 검봉."

　　독고설의 입술이 떨리며 열렸다.

　　"어, 어떻게?"

　　백운회는 미소 띤 얼굴로 반문했다.

　　"질문이 너무 폭넓군. 내가 어떻게 살아 있냐는 거요? 아니면 여기에 어떻게 와 있냐는 것이오? 그것도 아니면 내가 어떻게 천류영을 돕고 있느냐는 뜻이오?"

　　독고설이 어금니를 악물었다가 말했다.

　　"모두 다요."

　　그녀는 숨을 헐떡였다. 코앞에 천마검이 있다는 사실이 그녀를 그렇게 긴장시켰다.

　　백운회가 낮게 웃고는 말했다.

　　"확실히 좋아졌군. 놀라서 호흡이 살짝 흐트러졌지만 충격 속에서도 기도와 눈빛은 더 날카로워졌어. 겨우 일 년 만에 이렇게 발전할 수 있다니. 천류영, 너와 검봉은 대체 어떤 일 년을 보낸 거냐?"

독고설이 그의 말을 차갑게 받아쳤다.

"내 질문에나 답해요!"

천류영이 한숨을 삼키고 끼어들었다.

"검봉, 저와 천마검 형님은 거래를 했습니다."

독고설이 불안한 눈으로 천류영을 곁눈질했다.

"거래요?"

그녀의 뇌리로 작년 봄의 기억이 스쳤다.

천류영을 포섭하려던 천마검.

"천 공자님, 설마……."

"……?"

"저 사람에게 가려는 건가요?"

마치 흐느끼는 듯한 목소리. 음성뿐만 아니라 표정마저도 눈물이 쏟아질 것 같았다. 천류영이 담담한 미소로 고개를 저었다.

"그런 거래가 아닙니다."

"그러면……."

"자세한 건 나중에 말해 드리겠습니다. 지금 이런 얘기를 나눌 때는 아니잖습니까?"

"……."

"놀라신 건 이해합니다. 하지만 저를 믿어 주세요."

독고설은 잠시 침묵하다가 천천히 고개를 끄덕였다.

"믿어요."

"일시적으로 협력하기로 한 겁니다. 소저께서 걱정하는 것처럼 제가 배신하는 일은 없습니다. 저는 떠나지 않아요."

그의 말에 독고설은 한시름을 놓고 여전히 백운회를 직시하며 물었다.

"왜 우리를 돕는 거죠?"

"거래라고 했잖소. 자세한 건 나중에 천류영에게 들으시오."

"⋯⋯."

"그나저나 의외요. 내 정체를 간파하고도 고함을 질러 밖에 알리지 않다니."

그러면서 백운회는 속으로 웃었다. 만약 그럴 기미가 보였다면 검봉의 목은 자신의 칼에 날아갔을 것이다.

독고설이 대꾸했다.

"그럴 수는 없죠."

"호오, 왜?"

"그러면⋯⋯ 천 공자가⋯⋯."

그녀가 말꼬리를 흐리자 백운회의 눈에 이채가 스쳤다.

"천류영이 위험해진다?"

"그래요."

"천류영 때문에 마교도인 나를 밝힐 수 없다? 이 일이 알려지면 자칫 그대마저 위험에 처할 수 있는데도?"

"그렇다고 말했잖아요."

둘의 날 선 대화에 천류영이 손을 저으며 끼어들었다.

"저기, 분위기가 너무……."

그러나 천류영의 말은 시작하자마자 백운회에 의해 끊겼다. 백운회는 천류영에게 시선을 옮겨 물었다.

"네가 어제 새벽에 미녀의 수청을 거절한 것이 검봉 때문인가?"

독고설의 눈이 동그래지는 가운데 천류영이 당황했다.

"혀, 형님. 그런 얘기를 갑자기 꺼내면 어떻게 합니까?"

"하하하. 그게 무슨 대수라고. 네가 말했잖아. 좋아하는 여인이 있다고. 그게 검봉이 맞지?"

천류영은 뒤통수를 벅벅 긁었다.

무언의 긍정.

천마검으로 인해 잔뜩 긴장하고 있던 독고설은 경계심도 잊은 채 천류영을 보았다.

가슴이 두근두근거리며 뜨거워졌다. 얼굴에 어린 얼음이 따스한 봄볕에 녹듯 스르르 풀려 갔다.

"그런 일이 있었어요?"

"그게 그러니까…… 어쩌다 보니 하오문 분타에 가게 됐는데…… 그게 그러니까……."

천류영이 곤혹스러운 표정으로 말을 제대로 잇지 못하자 백운회가 대신 답했다.

"기가 막힌 미녀가 이 친구에게 반해 유혹했지. 자신이 마음에 들지 않으면 그곳에서 가장 어리고 예쁜 여인을 바치겠다고 열성을 보였어."

백운회의 태연한 말에 천류영이 기함하는 가운데, 독고설은 천마검을 향한 두려움과 경계심은 이제 까맣게 잊고 뒷말을 재촉했다.

"그래서요?"

"방금 말한 대로다. 정말 좋아하는 여인이 있어서 그럴 수 없다고 내치더군. 목석같은 천류영이 그리 말하는 표정에서는 어찌나 애틋함이 철철 흐르던지."

독고설은 심장이 터져 버릴 것만 같았다. 슬픔이 아니라 기쁨과 감동으로 콧날이 찡해졌다.

"천 공자가…… 정말, 정말 그랬어요?"

"그래, 하지만 그 미녀도 천류영을 쉽게 포기할 기색이 아니더군. 그래서 나 역시 따끔하게 일침 해 줬지. 너 따위가 감당할 수 있는 사내가 아니라고. 유혹 따위는 꿈도 꾸지 말라고."

"……"

"뭐, 사내의 아랫도리 일은 아무리 친한 사이라도 상관하는 것이 아니라지만……."

독고설이 냉큼 그의 말을 받았다.

"잘했어요."

그녀의 말에 백운회가 피식 웃었다. 그러자 독고설도 어색한 미소를 머금었다. 그 사이에서 천류영은 연신 뒤통수만 긁적였다.

2

뇌옥에 있는 서문세가의 무사들이 지켜보는 가운데 서문립이 굳은 얼굴로 입을 열었다.

"마지막으로 분타주까지 출정했습니다. 그런데 저희들은 이렇게 수수방관만하고 있어도 되는 겁니까?"

태사의에 몸을 묻고 있던 서문창이 등을 세우면서 입을 열었다.

"말했잖느냐? 지금은 지켜볼 때라고."

평소라면 물러섰을 서문립이다. 그러나 이번의 그는 그러지 않았다.

"아무리 생각해도 이렇게 손 놓고 있을 일이 아닌 것 같아서 여쭙는 겁니다. 무림서생이 일본벌이야 누르겠지만 보타산의 왜구가 곧바로 반격해 올 겁니다. 사오주의 신임 지부장도 여간내기가 아니라는데, 본 분타가 진퇴양난에 몰리게 된 형세가 아닙니까?"

서문립이 답답하고 초조한 표정으로 푸념처럼 말했다. 천류영은 자신들을 싸움에 휘말리지 않고 떠나게 해 주겠다고 말했다.

하지만 그의 말을 따르는 것은 바보짓이다. 세상은 분타를 버리고 도망쳤다고 자신들을 손가락질하게 될 터였다.

서문창이 입을 열었다.

"무림서생이 이곳에 온 날, 그가 했던 말을 기억하느냐?"

"어떤……?"

"녀석은 공을 세워서 진창에서 빠져나갈 수 있지 않겠냐고 말했다."

"예, 기억합니다. 일리가 있는 말이었습니다. 하지만 사부님께서는 서두를 일이 아니라고 답하셨지요."

"그랬지."

"그럼 무림서생은…… 누군가로부터 정보를 듣고, 공을 세워 빠져나갈 수 있다는 생각에 움직이는 것이겠군요."

서문창이 고개를 끄덕였다.

"그렇지."

"그럼 큰일 아닙니까? 놈이 혼자 살겠다고 그러는 것이라면."

"반대다. 녀석은 지금 나에게 함께 하자고 꼬드기고 있는 게야. 일단 일을 벌려 놓고 우리에게 손을 내밀 것이 분명하다. 우리는…… 무림서생의 실력을 확인하고 움직여도 늦지 않아."

"실력이라 하심은?"

"일본벌의 수준이 한 수 아래라고는 하지만 결코 만만한 상대가 아니다."

서문립은 고개를 끄덕였다. 만약 분타의 무사들이 총출동한다면 얘기는 달라지겠으나 절반만 출진했다.

그렇다면 무림서생이 이끄는 무사들의 피해도 결코 적지 않을 것이다.

서문립의 눈에 기광이 일었다.

"무림서생이 패하거나, 승리하더라도 큰 피해를 입고 복귀한다면?"

서문창의 입이 호선을 그리며 짙은 미소를 피웠다.

"우리가 무림서생을 잡으면 되겠지. 녀석이 독단적으로 일으킨 분란을 나는 외교로 불을 끄면 된다."

서문립의 머릿속에 앞으로 일어날 장면들이 자연스럽게 떠올랐다.

무림서생을 왜구에게 넘기려는 것일까? 아니면 그의 목을 쳐서, 왜구와 협상하려는 걸까?

둘 다 나쁘지 않다. 하지만 이건 두고두고 뒷말이 무성할 것이다. 분타주를 적에게 넘기는 것이니까.

하지만…… 달리 생각해 보면, 천둥벌거숭이인 신임 분타주로 야기된 절강 분타의 파국을 막는 것이니 꼭 나쁜 것만은 아니란 생각이 들었다.

사부님은 여론을 그리 만들 능력과 인맥을 가졌다.

서문립은 잠시 생각에 골몰하다가 다시 입을 열었다.

"무림서생이 압도적으로 승리해, 그의 능력을 스스로 입증하면…… 그때 협력하실 겁니까?"

중요한 문제였다.

서문창의 얼굴에 비릿한 미소가 번졌다.

"그것으로 끝이 아니지. 기다린다."

서문립은 또 기다린다는 말에 복장이 터질 것 같았다. 사부님은 늘 옳았지만 이상하게 이번만큼은 느낌이 좋지 않았다.

"또 무엇을 기다립니까?"

"이미 우리 분타와 왜구의 싸움은 시작되었다. 이 싸움에서 중요한 건 우리나 왜구가 아니야. 사오주 절강 지부지."

서문립이 고개를 끄덕여 동의를 표했다. 서문창이 눈을 번뜩이며 말을 이었다.

"무림서생이 그런 기본적인 것을 모를 리 없다. 그리고 그가 사오주를 어떻게 상대할지에 따라 우리의 선택도 결정될 것이다."

"……."

"그가 사오주와도 일전을 할 생각일지, 아니면 화평을 이끌어 낼지. 우리는 상황을 지켜보다가 그 선택까지 확인한 후에 더 좋은 패를 고르면 된다."

서문립뿐만 아니라 귀를 쫑긋 세우고 있던 서문세가의 무사들까지 동의의 낯빛을 했다. 확실히 그게 최선이라고 할 수 있었다.

그러나 그들은 알지 못했다. 서문창이 어떤 선택을 하든, 그리고 그 선택이 빠르건 늦건 간에 주도권은 천류영이 쥐고 있다는 사실을.

노회한 서문창이, 자신이 장기판의 졸에 불과했다는 사실을 깨닫기까지는 불과 이틀도 남지 않았다.

*　　　　*　　　　*

드르륵.

문이 열리고 허리가 구부정한 노파가 안으로 들어섰다. 그러자 심각한 표정을 짓고 있던 하오문주, 수란이 자리에서 일어나며 미소를 머금었다.

"할머니."

노파도 환하게 웃으며 그녀의 곁으로 다가왔다. 수란은 옆의 의자를 빼내 할머니를 앉게 하고는 자신의 자리에

앉았다. 그리고 두 손으로 할머니의 손을 잡았다.

"수란아, 내가 바쁜데 온 거니?"

수란이 고개를 도리질 쳤다.

"아뇨, 할머니라면 없는 시간이라도 내야죠."

그녀에게 할머니는 그런 존재였다. 아버지를 잃고 희망 없는 삶을 살아갈 때, 끝까지 포기하지 말라고 용기를 불어넣어 주었던 분.

오 년 전, 수란을 농락하던 장로들을 제거하는 연회장에서, 할머니는 누구보다 앞에서 싸우다가 단전을 잃었다.

다행히 목숨은 건졌지만 정정하던 할머니는 이제 없었다.

수란은 할머니를 보며 안쓰러운 표정을 지었다가 곧바로 웃으며 물었다.

"무슨 일이신데요?"

"항상 차갑던 네가 어제와 오늘 내내 콧노래를 부른다기에 무슨 좋은 일이 있나 해서 들렀다."

수란은 어깨를 으쓱하고는 답했다.

"그게…… 아주 좋은 사람을 알게 돼서요. 함께 있는 것만으로도 괜히 저까지 우쭐해질 정도로 기분 좋은 사람이에요."

"사내구나?"

"예. 그것도 한 명이 아니라 두 명이요. 한 명은 전형적인 나쁜 남자고 다른 한 명은 달달한 목소리만큼이나 착한 사내인데…… 실제로는 둘 다 좋은 사람들이에요."

노파가 걱정스러운 표정으로 충고했다.

"조심해야 해. 네 환심을 사려고 호의를 보였을 수도 있어. 너를 얻으면 본 문을 이용할 수 있으니까."

수란이 피식 웃고는 고개를 저었다.

"제가 유혹해도 안 넘어오던데요?"

"응? 대체 어떤 놈들이기에 우리 예쁜 애기를 외면한단 말이지?"

노파는 방금 조심하라고 말한 것도 잊고 역정을 냈다.

그러자 수란이 웃음을 터트렸다.

"호호호, 그러게요. 처음이었어요. 그런 사내들은. 거침없이 당당하면서도 배려를 해 줬어요. 다른 놈들처럼 달콤한 말로 꼬드기거나 온갖 유세를 떨며 굴복시키려는 것이 아니라, 인간 대 인간으로 동등하게 바라봐 줬어요."

노파의 주름진 얼굴에 미소가 어렸다.

"흐음. 네 말대로 좋은 사람이구나. 그러면 어떻게 해서든 꽉 잡아야지. 능력이 있으면서도 좋은 남자는 흔치 않아."

"안 넘어왔다고 말씀드렸잖아요."

"열 번은 찍어 봐야지. 너답지 않게 한 번 실패했다고 포기하는 거야?"

수란은 잠시 생각하다가 고개를 저었다.

"수천 번 찍어도 소용없을 것 같아요. 그런 사내들이었어요."

"아쉽구나. 그런 사람은 쉽게 만날 수 있는 것이 아닌데."

수란은 쓴웃음을 깨물고 수긍했다.

"그렇긴 하죠."

"혹시 그래서 어두운 표정을 짓고 있었던 거냐?"

그 물음에 수란이 잠시 멈칫했다. 그리고 앞의 탁자 위에 놓인 서신을 보며 한숨을 쉬었다.

"휴우우, 홍몽검(弘夢劍) 아시죠?"

"알지. 그 게으른 녀석. 그러고 보니 그 녀석 본 지도 꽤 오래됐구나."

하오문의 북방 분타주, 홍몽검.

몽고의 초원에서 시작해 광활한 대륙의 북쪽 지역을 관할하는, 하오문의 북방 분타주다.

소수 인원으로 중원보다 더 넓은 새외 지역을 책임지다 보니 올라오는 정보가 적을 뿐만 아니라 횟수도 일 년에 달랑 몇 번에 불과했다.

수란은 앞에 놓인 서신을 보며 말했다.

"나쁜 남자가 저에게 부탁한 정보가 있어요."

"그 정보가 저 서신에 있는 거냐?"

"예. 제가 홍몽검에게 몇 개월 전에 알아보라고 한 건데, 그게 하필 지금 도착했네요."

그녀가 천마검의 부탁을 받아 급히 띄운 전서응은 아직 홍몽검에게 당도하지도 않았을 것이다.

수란은 서신을 손가락으로 톡톡 치면서 다시 한숨을 뱉었다.

"이게 무슨 운명의 장난인지 모르겠어요. 나쁜 남자는 하루에도 몇 번씩 수하를 보내서 저를 들볶아요. 그가 원한 정보가 벌써 들어올 리가 없는데도 말이죠. 그만큼 절실하다는 뜻이죠. 그래요, 그는 웃으며 의연한 척하지만 사실은 안간힘을 쓰며 버티고 있는 거예요."

"나는 무슨 말을 하는지 도통 모르겠구나. 그럼 그것을 속히 전해 주면 될 것 아니냐?"

"나쁜 남자는 이것을 보자마자 떠나려고 할 거예요. 왜냐하면 그의 동료들이 얼마나 고통스러운 상황에 처했는지 알게 될 테니까요. 그리고 그가 깊게 상처받을 소식도 있어요. 그가 가장 믿었던 사람들이 배신했거든요."

노파는 고개를 갸웃거렸다. 손녀가 이리 약한 모습을 보이다니!

"그 나쁜 남자가 슬퍼할까 봐 건네주기 싫은 게냐?"

수란은 고개를 젓고는 말했다.

"아뇨, 어차피 줘야 하는 거예요. 그리고 그는 능히 그

아픔을 스스로 이겨 낼 만큼 강한 사람이에요."

"……."

"그런데 그가 훌쩍 떠나 버리면 착한 남자가 힘들어질 것이 보이거든요. 진짜 큰 싸움이 남았는데……."

수란은 가볍게 기지개를 켜고는 말을 이었다.

"그렇게 나쁜 남자가 떠나고 착한 남자가 혹여 패하게 되면, 두 사람이 한 약속이 지켜지기 힘들 것 같아서요. 그 두 사람이 함께 가시밭길을 헤치며 나아가는 모습을 보고 싶은데……."

"……."

"그래서 나쁜 남자가 이틀만 더 머물며 착한 남자를 돕게, 이것을 나중에 주는 건 어떨까 고민하고 있었어요. 그런데 그 이틀 때문에 나쁜 남자가 나중에 동료들을 다 잃게 된다면…… 그것도 가슴 아플 것 같고요."

노파는 잔잔한 미소를 머금었다. 손녀는 약한 모습을 보인 것이 아니었다. 좋은 사람을 만나서 그녀 역시 좋은 사람이 되어 가고 있었다.

이런 모습은 처음이었다.

늘 계산만 하던 손녀가 지금은 상대의 아픔을 헤아리고 있었다.

"얘야."

"예, 할머니."

"두 사내가 좋은 사람이고 강한 사람이라고 했지?"

수란이 말없이 고개를 끄덕였다. 노파가 수란의 머리를 쓰다듬으며 말했다.

"그렇다면 진실을 전해 주어라. 널 이용하려는 자들이나 악인들을 상대하는 것처럼 계산할 필요가 없단다. 지체 없이 알려 주어라. 선택은 그들이 알아서 할 테니까."

"……."

"좋은 사람은 꽃처럼 향기가 나지. 그 향기를 거짓말과 속임수로 더럽힐 필요는 없다."

수란은 빙그레 웃고 대답했다.

"알겠어요. 하지만 지금 두 사내는 아주 바쁠 거예요. 그러니 오늘 밤만큼은…… 기다릴래요. 그 두 사람에게 조금이라도 더 많은 추억을 선물하고 싶거든요."

*　　　　*　　　　*

천류영과 백운회, 그리고 독고설은 나란히 환락로에 들어섰다.

그들은 취객과 행인들을 보며 천천히 대로를 걸었다.

천류영은 독고설이 백운회의 정체를 알게 돼서 꽤 서먹할 것이라고 생각했지만 의외로 대화가 계속 이어졌다.

그렇게 얘기가 계속 이뤄진 데에는 이틀 전 항주루에서

일어난 일이 한몫했다.

독고설은 그 주역이 천마검과 천류영이란 사실에 소스라치게 놀랐고, 천마검을 타박했다.

어떻게 천류영을 그런 위험한 곳에 데리고 들어갈 수 있느냐고. 하지만 그것도 잠시, 그 안에서 있었던 일을 꼬치꼬치 캐물었다.

그리고 마침내 독고설이 마지막 질문을 던졌다.

"그래서 당신이 우리 분타주님께 부탁한 건 뭔데요?"

질문은 백운회에게 날아갔는데 대답은 천류영이 했다.

"저에게 마교를 막아 달라는 것이었습니다."

그녀는 의아한 표정을 지었다가 곧 그 이유를 깨달았다.

백운회는 독고설이 낮은 탄성을 지르는 것을 흘낏 보고는 천류영을 향해 말했다.

"너는 모든 것을 검봉에게 말해 주는구나."

"최대한 그러려고 합니다. 그리고 앞으로 더 알려 줘야 할 것도 많습니다."

그 말에 기분이 좋아진 독고설이 어깨를 으쓱거렸다.

그러나 백운회는 침잠된 눈으로 천류영을 보다가 엷은 한숨을 삼켰다.

천류영이 왜 검봉에게 그러는지 알 것 같아서다.

그의 입이 가벼운 것이 아니다.

사랑해서?

그것 때문만도 아니다.

천류영은 자신이 잘못될 경우를 대비하고 있는 것이다. 그럴 경우 많은 정보를 알고 있는 독고설이 자신의 자리를 대신해 주길 기대하면서.

백운회는 가까워지는 항주루를 보면서 말했다.

"너여야 한다."

독고설은 밑도 끝도 없는 백운회의 말에 고개를 갸웃거렸다. 그러나 천류영은 흠칫했다가 이내 태연하게 걸으며 대꾸했다.

"그래서 최대한 세세하게 준비하고 있습니다."

이번엔 백운회의 눈동자가 거칠게 흔들렸다. 그는 고개를 절레절레 저으며 말했다.

"변화무쌍한 앞날의 일을 어떻게?"

"물론 다 예상할 수는 없습니다. 저는 신이 아니니까요. 하지만…… 반드시 일어날 일은 결국 일어납니다. 그것을 준비할 뿐입니다."

"일어날 일은 일어난다라……. 너는 정말 나를 끊임없이 놀라게 하는구나."

백운회는 입술을 꾹 깨물고 잠시 침묵하다가 입을 열었다.

"그래도 나는 너였으면 좋겠다. 진심이다."

"예, 그리될 겁니다. 너무 걱정하지 마십시오."

독고설이 궁금증을 참지 못하고 끼어들었다.

"저기 지금 두 분, 대체 무슨 말을 하는 거죠?"

하지만 대화는 거기까지였다. 마침내 셋은 항주루 앞에 도착했다.

아직 수리 중이라 손님을 받지는 않았지만 내부는 환했다.

그 정문 앞에서 홀로 서서 하품을 하고 있던 점소이의 눈이 천류영과 백운회를 포착했다. 그 점소이는 백운회를 지하로 안내했던 인물이었다.

"어, 어어어!"

그는 기함해 제대로 말조차 못했다.

백운회는 바람처럼 그의 앞에 다가가 싱긋 웃었다.

"또 보는군."

팍!

그의 수도에 목을 맞은 점소이가 그대로 정신을 잃었다. 그동안 천류영은 폭죽통을 꺼내 항주루의 처마에 매달린 홍등 속에 심지를 넣었다.

퓨슈슈슈—

심지가 타들어가기 시작하자 천류영은 뒤로 물러나 독고설에게 건넸다. 그러자 독고설이 들고 온 손 화살에 폭죽을 장착하고는 하늘을 겨냥했다. 행인들이 그 광경을 신기한 듯 쳐다보았다.

티잉!

폭죽이 경쾌한 소리를 내며 천공을 향해 치솟았다. 그리고 높은 밤하늘에서 '펑!' 소리를 내며 터졌다.

정파의 야습조들이 기다리고 있을 신호탄이다.

더불어 항주에 살고 있는 백만 명과 절강성의 백성 이백오십만 명을 공포와 가난에서 해방시킬 일보(一步)가 될 것이다.

백운회가 씩 웃으며 입을 열었다.

"다시 놀아 볼까?"

천류영이 화답했다.

"좋죠."

항주루 일층에 있던 왜인들이 아직 무슨 상황인지 파악하지 못하고 어리둥절하다가 점소이가 쓰러진 것을 보고는 대노했다.

"빠가야로(멍청한 놈)!"

문가에 가깝게 있던 왜인이 비명도 지르지 못하고 쓰러진 점소이를 욕하다가 백운회를 향해 달려들었다.

그가 발검하려는 순간, 백운회의 주먹이 허공을 갈랐다.

콰직!

3

밤은 인간에게 원초적인 두려움을 안겨 준다. 특히나 치안이 엉망인 항주는 더더욱 그렇다.

여우 같은 아내와 토끼 같은 세 자식의 가장인 만삼은 두려운 마음을 다잡으며 어두컴컴한 길을 서둘러 걸었다.

나무꾼인 만삼은 객잔을 비롯해 몇 군데에 장작을 넘기는 일로 먹고 살아간다. 오전에는 산에 올라 나무를 하고, 오후에 장작을 돌리다 보면 귀가는 늘 한밤중이었다.

인가가 드문 도시의 외곽.

원래 이 시간에 이곳에선 행인을 보기 어려운 편이었지만 어제부터는 더욱 그랬다. 환락로에 있는 항주루가 누군가에게 공격당한 후로 일본벌에 비상령이 걸렸기 때문이다.

밤에는 영업장의 경계를 위해 대부분 움직이지 않았지만, 일부 돌아다니는 왜놈들에게 재수 없게 걸리면 반병신이 되는 건 일도 아니었다.

아니, 팔이나 다리 하나가 부러지는 건 그나마 나았다. 자칫 끌려가 노예로 팔려 간다면 자신만 바라보고 있는 식솔들은 어떻게 살 것인가?

만삼은 이십여 장 앞에 보이는 전각을 보며 터져 나오

려는 한숨을 삼켰다.

왜놈들이 있는 장원(莊園)이다.

그 장원 주변으로 허름한 초가집들이 보였다. 하지만 아무도 거주하지는 않았다.

왜놈들이 저곳에 장원을 짓고 살게 되면서 사람들이 집을 버리고 떠난 것이다.

만삼은 장원이 있는 맞은편, 길의 왼쪽으로 펼쳐져 있는 논을 흘낏 보았다. 논을 가로지르고 싶은 마음이 굴뚝같았다. 하지만 장원의 정문에서 번을 서고 있는 왜놈들에게 걸리면 골병이 들게 될 터였다.

그가 장원 앞에 다다르자 화톳불을 중심으로 서 있는 두 사내 중 한 명이 입을 열었다.

"어이, 만삼이. 오늘은 평소보다 늦었네?"

아국이라는 놈이다.

친왜파(親倭派).

왜놈들에게 빌붙어 사는 인간 말종.

만삼은 왜놈들보다 저런 놈이 더 끔찍이 싫었다. 그들은 왜놈들에게 충성 경쟁을 하느라 잔인하고 비인간적인 짓도 서슴지 않았다.

성질 같아서는 목을 꺾어 버리고 싶었지만 현실은 달랐다.

"아, 아국 형님. 오늘 번을 서시는 날이었구나. 알았으면 야식으로 뭐라도 챙겨 왔을 텐데."

자신보다 일곱 살이나 어린 놈이었지만 만삼은 허리를 깊게 숙이며 인사했다. 그러자 아국이 그의 뒤통수를 손바닥으로 후려갈겼다.

팍!

"이 자식은 만날 말만 번지르르하게 해. 네놈이 그러면서 뭐라도 챙겨 준 적 있냐?"

만삼은 억지로 웃으며 뒤통수를 긁적였다.

"형님도 아시겠지만 아이가 셋이잖습니까? 그 애들 풀죽도 제대로 못 먹이고 있는데……."

짝!

이번엔 따귀다.

"새끼가. 누가 너 신세타령 듣고 싶대?"

"……."

"어쭈, 너 빈정 상했냐? 눈깔에 힘들어 간 거 같다?"

"아닙니다. 형님. 제가 감히 어떻게?"

만삼이 다시 고개를 조아렸다. 그러자 아국 옆에 있던 왜놈이 뭐라고 지껄였다.

아국이 그 말을 듣고 만삼에게 말했다.

"야, 우리가 지금 비상령이 걸려서 고생하고 있는 거 아냐, 모르냐?"

"예. 저자에서 들었습니다."

"그럼 고생하는 우리를 위해 뭔가 성의를 보여 주고 싶은 생각이 안 들어?"

만삼은 어금니를 깨물고 침묵했다. 수중에 있는 건 철전 구십 문. 지난 이레간 일한 것을 두 군데서 한 번에 받았다. 그런데 하필 오늘 이런 시비를 걸어온단 말인가?

"형님, 제가 정말 요즘 힘들어서……."

"너만 힘들어?"

"……."

"인마, 사는 건 다 힘든 거야. 그리고 안 힘든 때가 있었어? 다 적응하며 사는 거지."

"제발……."

퍼억!

아국의 발길질에 만삼이 길 위에 나동그라졌다. 짊어지고 있던 지게의 한쪽 기둥이 부서졌다.

왜인이 그 모습을 보며 낄낄거렸고, 아국은 험상궂은 표정으로 으르렁거렸다.

"너 뒤져서 나오면 목 따 버린다. 자식이 예의가 있어 보여서 그동안 사정 봐준 것도 모르고 어디서 지랄이야?"

만삼은 길 위에서 무릎을 꿇었다.

"형님, 제발요. 첫째 아이는 오늘도 피죽 한 그릇으로 하루를 연명하고……."

"그게 나 때문이야? 네놈이 게을러서 그런 것을 왜 나한테 그러는데?"

"형님!"

"정 힘들면 첫째 아이 우리에게 넘겨. 계집아이지? 한 냥 쳐 줄게."

"어떻게 그런……."

퍼억.

그가 발로 만삼의 가슴팍을 걷어차고 말을 이었다.

"네 식구 입 줄여 준다는데 고맙다고는 못할망정 어디서 눈깔에 힘을 줘?"

"……."

"내일 갈 테니 준비해 놔."

만삼은 억장이 무너졌다. 그런 만삼을 보며 아국이 손을 내밀었다.

"그리고 지금은 번을 서느라 고생하는 우리에게 성의를 보여야지. 안 그럼 내일 네 마누라도 없어질지 몰라. 크크 큭."

만삼은 덜덜 떨며 주먹을 움켜쥐었다.

저놈을 죽일 수만 있다면 지옥에 떨어져 수만 년을 살아도 상관없었다. 하지만 슬프게도 자신에겐 그럴 힘이 없었다.

아국의 눈빛이 강렬해졌다.

"지금 너 주먹 쥔 거냐?"

"……."

"하아, 이 자식, 삼 년 전에 죽다 살아난 걸 벌써 잊었나 보네. 좋아, 오늘 다시 한 번 죽여 주마."

아국은 장원의 문가로 가서 몽둥이를 들고 왔다.

그때였다. 까만 하늘이 조금이나마 밝아진 것은.

왜인과 아국, 그리고 만삼의 고개가 자연스럽게 그쪽을 향했다.

폭죽이 어두운 천공에서 터져 빛을 뿌렸다.

아국이 고개를 갸웃거리며 중얼거렸다.

"뭐지?"

왜인 역시 마찬가지로 미간을 찌푸린 채 허공을 주시했다.

그리고 잠깐 어둠을 밝혔던 빛은 소멸해 갔다.

그걸 말없이 보다가 아국은 다시 만삼을 내려다보았다. 그리고 잔인한 미소를 지으며 몽둥이를 들어 올렸다. 그에 만삼은 눈을 질끈 감았다.

퍽, 퍽!

눈을 감은 세상에서 잇따라 타격음이 일었다. 그리고 비명도.

"퀵!"

"큭!"

놀란 만삼이 눈을 뜨자 왜놈과 아국이 입을 쩍 벌린 채 쓰러지고 있었다. 그들의 가슴엔 비수가 박혀 있었다.

"허억!"

만삼은 놀라 상체가 뒤로 넘어갔다. 지게가 없었다면 뒤통수가 땅에 충돌했을 터였다.

그가 고개를 사방으로 휙휙 돌렸다. 그리고 그는 보았다. 어디서 나타났는지 열댓 명으로 보이는 흑의인들이 어느새 지척에 다가와 있는 것을.

그들은 빠르게 달려서 장원의 담벼락을 넘었다.

그중 한 명이 만삼의 옆에 서 손을 내밀었다.

"괜찮소?"

순간 만삼은 울음을 터트릴 뻔했다. 괜찮냐고 던진 물음으로 인해 이 사람들이 나쁜 놈이 아니라는 것을 알았기 때문이었다.

"예, 예. 괜찮습니다."

"다행이오."

"……."

"앞으로 다시는 이런 말도 안 되는 일이 벌어지지 않도록 노력하겠소."

장원 안에서 비명과 고함 소리가 터져 나왔다. 그러자 만삼 옆에 있던 사내, 영능후가 입을 열었다.

"나도 들어가 봐야겠소."

"예, 예."

"조심해서 돌아가시오."

"예, 예."

영능후는 장원의 정문을 향해 걸었다. 그리고 발로 정문을 걷어찼다.

콰아앙!

닫혀 있던 정문이 활짝 열렸다. 그가 그 안으로 뛰어 들어가려는 순간, 만삼이 용기를 내어 물었다.

"누구십니까?"

그 말에 영능후가 멈칫하고 뒤돌아섰다. 그리고 가슴을 펴고 말했다.

"무림맹 절강 분타의 무사요."

만삼은 절강 분타에 신임 분타주로 유명한 사람이 왔다는, 객잔의 주방에서 일하는 숙주와 그 보조가 나누던 대화를 떠올렸다.

그 대화는 결국 늘 그렇듯이 똑같은 대화로 마무리됐다.

'다 똑같은 놈들이지. 그놈이 그놈이야. 다 도둑놈이지' 라는.

그런데 그놈이 그놈이 아닌가 보다. 이번엔 도둑놈이 아닌가 보다.

만삼은 눈에 이슬이 차는 것을 느끼며 물었다.

"우리를…… 계속 지켜 주실 겁니까?"

영능후가 입술을 질끈 깨물었다가 고개를 끄덕였다.

"새로 오신 분타주께서 약속했소. 반드시 안전하고 더 좋은 세상을 만들겠다고. 그리고 나는 그분을 믿소."

결국 만삼의 눈에서 굵은 눈물이 뚝뚝 떨어졌다.

"고맙습니다. 고맙습니다."

만삼은 오체투지했다. 그러나 영능후는 이미 안으로 뛰어 들어가 그의 인사를 받지 못했다.

아니, 어쩌면 받지 않은 것일 수도 있었다. 그동안 어쩔 수 없이 침묵해야 했던 스스로를 자책하며.

*　　　　*　　　　*

심야의 어두운 허공에 폭죽이 터졌다.

그것을 지켜보던 항일상회의 하급 무사들과 친왜파들이 눈살을 찌푸렸다. 비상령이 걸려 있어 작은 것에도 민감한 탓이다.

사실 이곳은 고수들이 많아 위험하지 않았다. 대신 높은 분들이 많다는 것은 아랫사람들이 피곤해진다는 단점이 있기도 했다.

시키는 일도, 요구 사항도 많았다.

아니나 다를까.

항일상회의 부총관인 츠바사는 바람을 쐬러 밖으로 나왔

다가 폭죽을 보고는 미간을 찌푸렸다. 그리고 아랫사람들을 시켜 폭죽에 관해 알아 오라고 지시를 내리려고 했다.

그런데 갑자기 상회 밖에서 비명 소리가 일었다. 그리고 거대한 폭음이 터졌다.

콰아앙!

정문이 종잇장처럼 찢겨 나갔다.

그리고 그 부서진 정문으로 건장한 미남자가 거침없이 들어왔다.

낭왕 방야철.

츠바사는 놀라 고함을 지르며 본능적으로 옆구리의 검을 잡았다.

차아앙!

그의 검이 허공으로 튀어 나오는 순간, 방야철이 섬전처럼 그를 향해 쏘아졌다.

츠바사의 눈이 화등잔만 해졌다.

정문을 저리 찢을 정도의 공력으로 이미 짐작은 했지만, 상상을 초월하는 고수였다. 자신은 도저히 막을 수 없는 강자다.

슈가각!

방야철은 박도로 츠바사가 든 왜검 아래를 내질렀다.

츠바사는 막아야 한다고 생각했다. 실제로 그의 검은 밑으로 향했다.

그런데 건장한 미남자는 갑자기 마음이 변했는지 자신을 놔두고 곁으로 지나갔다. 그에 츠바사는 '왜?' 라는 의문을 품었다.

그런데 갑자기 시야에 보이는 세상이 기울었다. 그리고 알았다. 자신의 허리가 어느새 싹둑 베어졌다는 것을.

파앗, 팟팟팟.

낭왕의 박도가 춤을 췄다.

그리고 마당에서 아직 정신을 차리지 못하던 하급 무사들과 친왜파 여섯이 츠바사처럼 제대로 반격조차 못하고 비명과 함께 쓰러졌다.

"으아아악!"

"기슈우다(기습이다)!"

낭왕의 뒤를 따라온 독고포 검풍대주가 소리를 질렀다.

"천일관은 오른쪽입니다."

이미 몇 차례 점검한 사실이지만 혹시 몰라 독고포가 외쳤고 방야철이 싱긋 웃으며 대꾸했다.

"알고 있소."

그는 거침없이 달렸다. 그제야 기어 나오는 이들을 거침없이 베며 나란히 서 있는 세 개의 전각 중 오른쪽으로 향했다.

독고포와 오십여 검풍대원들도 각자 맡은 곳을 향해 달렸다.

기습의 생명은 보안과 속도다.

보안이 사전의 문제라면 속도는 기습하는 바로 이 순간이 중요하다.

적들이 채 준비하기 전에 최대한 베어 넘긴다. 그것으로 피해를 최소화해 대승을 가능하게 만든다.

"끄아아악."

"아아악!"

항일상회에서 비명이 끊임없이 울렸다.

낭왕은 천일관이란 전각으로 뛰어들려다 멈춰서 고개를 들었다.

사층.

그곳에서 한 사내가 창문에서 뛰어내렸다.

슈우우우웃.

파공성과 함께 그 사내가 낭왕의 일 장 반 앞에 착지했다. 놀라운 건 그 높이에서 뛰었는데도 착지하는 순간 거의 소음이 없었다는 점이다.

마치 고양이와 같았다.

쇄애액.

그는 착지하는 순간의 반탄력을 이용해 낭왕을 향해 짓쳐 들었다.

쩌어엉!

박도와 왜검이 충돌하며 시퍼런 불꽃을 일으켰다.

방야철의 입가로 흐릿한 미소가 스쳤다.

진짜 고수다.

분명 이곳에서 가장 강한 놈일 것이란 확신이 들었다. 시간만 충분하다면 녀석의 실력을 한껏 음미하고 싶었다. 그러나 자신은 지금 야습을 하는 중이었다.

왼뺨에 독사 문신이 새겨진 왜인은 무서운 속도로 검을 휘둘렀다.

일본벌의 부벌주, 스즈키였다.

쨍쨍쨍쨍쨍.

둘은 한 치의 물러섬 없이 거의 제자리에서 상대를 향해 칼을 휘둘렀다. 둘의 칼에서 폭발적으로 뿜어져 나오는 기운으로 흙먼지와 돌가루가 뒤섞여 허공으로 떠올랐다.

짧은 순간에 삼십여 초식을 겨룬 방야철이 뒤로 세 걸음을 물러났다.

곧바로 낭왕을 따라붙으려던 스즈키의 눈가가 일그러졌다.

물러났던 상대가 땅을 차고 허공으로 도약한 것이다.

스즈키는 속으로 고소를 머금었다.

칼을 부딪치면서 자신이 감당하기 어려운, 엄청난 고수라는 것을 직감했다. 그래서 최대한 시간을 끌면서 지원군이 오기를 기다려야 했다.

그런데 가까운 거리에서 도약이라니!

이건 다시없을 기회였다.

고수끼리의 대결에서 위로 몸을 띄운다는 것은 자살 행위에 가깝다.

왜냐하면 허점이 많아질 뿐만 아니라 이동의 제약이 따르기 때문이다.

'대단한 고수이나 실전 경험은 별로군.'

그는 제멋대로 판단을 내렸다.

실전의 대가인 낭왕을 모르니 당연히 그렇게 착각할 수 있었다.

스즈키는 주어진 기회를 놓칠 새라 눈에 들어오는 가장 큰 허점인 하체를 향해 곧바로 검을 찔러 넣었다.

'이겼다!'

스즈키는 검을 뻗으며 확신했다.

그러나 그는 눈을 치켜떴다.

상대가 허공에서 옆으로 스르륵 이동한 것이다.

아주 짧은 거리에 불과했으나 그것은 치명타였다. 스즈키의 칼은 허공을 갈랐고, 뒤이은 방야철의 박도가 스즈키의 정수리를 강타했다.

퍼억.

내공이 잔뜩 실려 있는지라 머리가 부서지는 소리가 나며 피와 뇌수가 허공으로 비산했다.

그리고 아래로 착지한 방야철이 멍한 얼굴로 쓰러지는 스즈키를 보며 피식 웃었다.

"무적검의 운룡대팔식에 비하면 장난 수준이지만, 그래도 쓸 만하군."

내공심법을 모르니 곤륜의 운룡대팔식과 비교하면 천양지차다. 그러나 한추광과 수백, 수천 번의 비무를 경험하면서 방야철은 자신의 내공심법으로도 어설프게나마 흉내를 낼 수 있게 만들었다.

그는 그렇게 실전과 비무를 통해서 수많은 것을 익혀온 무공의 천재, 낭왕이었다.

물론 한추광은 낭왕의 흉내 내기를 보고는 운룡대팔식을 모독하는 것이라 펄펄 뛰었다. 자칫 목숨을 잃을 수도 있다면서 만류했다.

그러나 낭왕의 이런 모습을 보지 못한 자에겐 충분히 위협적이었다. 그리고 지금 성공했다.

방야철은 일본벌의 이인자를 그렇게 빨리 해치우고 왜인들이 계속 기어 나오는 천일관 앞으로 뛰었다.

그런데 왜인들은 이미 전의를 상실한 표정이었다. 왜냐하면 스즈키 부벌주가 그리 허망하게 죽을 거라고는 상상조차 해 본 적이 없기에.

"으아아악!"

잠시 멈췄던 비명이 다시 시작됐다.

*　　　　*　　　　*

우당탕탕!

항주루 일층에 마지막으로 서 있던 왜인이 의자 위로 넘어지며 요란한 소리를 냈다.

독고설은 천류영과 함께 항주루 안으로 들어서며 신음을 삼켰다.

천마검은 자신들보다 아주 조금 먼저 들어갔다. 그런데 이미 정리가 끝나 버린 것이다.

독고설이 입술을 질끈 깨물자 백운회가 피식 웃고 말했다.

"어차피 이곳은 거쳐 가는 곳이니 서두르자고. 주(主) 전장은 대일전장이잖아."

독고설이 지지 않겠다는 호승심을 드러내며 옴팡지게 대꾸했다.

"알아요. 약속대로 지하를 맡으세요. 저와 분타주님은 위로 갈 테니까."

그녀가 천류영과 함께 움직이려는데 일층으로 내려오는 계단에서 일단의 무리들이 나타났다.

그 선두는 항주루의 책임자, 마코토였다.

그는 방립을 쓴 백운회를 보고는 이틀 전 그놈들이라는

것을 직감했다.

"고맙다. 죽을 자리로 찾아와 줘서."

백운회의 눈이 빛났다.

"호오, 어눌하지만 우리말을 할 줄 아는군."

"이곳에서 산 세월이 얼만데. 흐흐흐."

스르르릉.

마코토가 검을 빼 들자 주변의 공기가 달라졌다. 마코토와 그 측근들이 속속 일층으로 내려서며 발검했다.

독고설은 천류영에게 속삭였다.

"고수들이에요."

조심하라는 말이다.

그녀가 검을 뽑았고 천류영도 심호흡을 하고는 검을 들었다.

순간 독고설과 천류영에게 바람이 불어닥쳤다.

찰나 숨을 막히게 만드는 풍압!

차아아앙!

요란한 칼 소리가 일었다. 그리고 비명이 터졌다.

천마검이 움직인 것이다.

그는 눈으로 보고도 믿기 어려운 속도로 마코토 앞으로 다가갔다. 마치 제자리에서 사라졌다가 그의 앞에 번쩍하고 나타난 것 같았다.

그리고 한 번의 칼짓.

마코토는 경악하는 가운데에도 칼을 들었다. 그러나 이미 그의 목은 잘려나갔다. 그뿐만 아니라 그의 옆에 따라붙었던 수하들의 목까지.

파라라라.

천마검은 미친 속도로 검을 휘둘렀고, 왜구 중 그 누구도 그의 일검에 제대로 반응하지 못했다.

우연히 검과 검이 부딪쳐도 막질 못했다.

천마검의 칼은 상대의 검신을 힘으로 눌러 버리고 기어코 숨통을 끊었다.

쿵, 쿵, 쿵, 쿵…….

순식간에 항주루에 있는 고수들이 잇따라 쓰러졌다.

계단을 통해 내려오던 수하들과 지하에서 올라오던 수하들은 그 장면을 보고는 동작을 멈췄다.

독고설이 침을 삼키고 백운회를 보자 그가 말했다.

"내가 밑이라고 했지?"

순간 지하에서 올라오던 왜인들이 돌아서서 비명을 지르며 아래로 뛰기 시작했다.

4

백운회의 한마디.

그로 인해 지하로 내려가는 계단은 혼돈에 휩싸였다.

평소의 잔인한 성정답게 동료가 동료를 밟는 데도 거침이 없었다.

"아아악."

"비켜, 비키란 말이야!"

"네, 네가 감히!"

"내 발, 내 발!"

순식간에 부상자가 속출했다.

반면 위로 올라가는 계단의 왜인들과 친왜파들은 안도의 표정을 지었다.

그러자 백운회가 고개를 돌려 그들을 스윽 훑었다.

다시 창백해지는 계단의 사람들.

백운회의 입술이 열렸다.

"이봐, 천류영."

천류영은 실소를 삼키고 그가 하려는 말을 대신 뱉었다.

"형님이 위쪽으로 가시죠."

농담이다.

그러나 그 순간 위로 올라가는 계단에 난리가 났다. 지하로 내려가는 계단에서처럼 넘어지는 자들의 비명과 어떻게든 천마검에게서 조금이라도 멀어지려는 자들의 고함이 빗발쳤다.

독고설은 그 광경을 아연한 표정으로 보다가 기가 막혀

혀를 찼다. 저들은 전의를 완전히 상실했다.

항주루에서의 싸움은 어이가 없을 정도로 싱겁게 끝났다고 해도 과언이 아니었다.

"저런 겁쟁이들이 그동안 항주를 지옥으로 만들었다니."

천류영이 앞으로 발을 내디디며 대꾸했다.

"강자에 약하고 약자에 강한, 전형적인 쓰레기죠."

"그래도 이 정도일 줄은……."

"하지만…… 이해가 되기도 해요. 형님의 무위를 보고 정신줄을 놓지 않는다면 그게 더 이상한 거죠."

독고설은 한숨을 삼키고 천류영 옆으로 따라붙었다.

"동의하지 않을 수 없네요. 어느 정도의 고수가 아닌 이상, 아니, 고수라 하더라도 이런 실력을 보고 냉정할 수 있는 사람은 없죠."

그녀는 자신이 걸어가야 할 무공의 길이 아직도 멀다는 것을 실감했다. 대체 언제쯤 만족할 수 있을까?

아니, 만족할 단계가 오기는 할까?

독고설은 문득 천마검은 자신의 무공에 대해 어떻게 생각할지 궁금해졌다. 그는 과연 만족할까?

묻고 싶었지만 묘하게 자존심이 상해 입을 열지 않았다.

백운회가 말했다.

"형편없는 실력에도 불구하고 누구에게도 전혀 주눅 들지 않을 인간이 한 명 있긴 하오. 내가 아니라 염라대왕 앞에서도 그 친구는 침착할 거요."

그 말에 독고설이 고개를 갸웃거리다가 금방 미소를 머금고 천류영을 보았다.

"그러네요. 이분은…… 그렇죠."

그러면서 독고설은 한 가지를 깨달았다. 스스로의 무공에 대한 자신감도 중요하지만 마음가짐이 더 중요하다는 것을.

천류영은 약하다.

그러나 어느 누구보다 강하지 않은가!

천류영이 손사래를 쳤다.

"에이, 그건 아니죠. 저는 방금 형님의 무위에 놀라 바지를 지릴 뻔했습니다."

백운회가 피식 웃고는 대꾸했다.

"결코 믿지 못하겠군."

"정말인데요?"

싸움판에 들어섰는데도 전혀 긴장하지 않는 둘을 보면서 독고설은 따갑게 질책했다.

"무슨 사내들이 그리 수다를 떨어요? 더구나 지금! 정신 똑바로 차려요. 사람은 누구나 실수할 수 있는 법이라고요."

그녀는 천마검을 직시하며 말을 이었다.

"그리고 무명 님께서는 어서 가야죠? 저들이 지하에 갇혀 있는 백성들을 인질로 삼으면 어쩌려고요?"

그 말에 천류영과 백운회가 쓴웃음을 깨물었다.

천류영이 말했다.

"형님께 호통을 칠 수 있는 여자는 단언컨대, 검봉밖에 없을 겁니다."

백운회가 말을 받았다.

"제수씨니까 내가 참지."

천류영의 손목을 잡고 위층 계단으로 향하려던 독고설이 그의 제수씨라는 표현에 찰나 휘청거렸다.

그걸 본 백운회가 지하로 가는 계단으로 움직이면서 말을 이었다.

"아! 미안하오. 너무 앞서갔다면……."

독고설이 그의 밀을 끊었다.

"아뇨. 무명 대협. 괜찮아요."

백운회가 무명 님에서 단숨에 대협으로 승격됐다. 정파인도 아닌 그가 말이다.

백운회는 피식 웃고는 계단을 내려다보았다.

"빨리 끝내고 도우러 가겠다."

그리고 난간을 잡고 밑으로 몸을 날렸다. 잠시 잠잠했던 지하에서 비명과 고함이 다시 일어났다.

"으아아악."

"괴물이 온다아아아!"

독고설은 천류영을 보며 주먹을 불끈 쥐었다.

"우리도 분발하죠."

천류영은 계단에 발을 올리며 고개를 주억거렸다.

"예, 소저. 그리고…… 저를 믿어 주세요. 천마검 형님과 했던 것처럼 소저와도 꼭 실전 합격을 하고 싶습니다."

독고설이 멈칫했다가 엷은 미소를 머금었다.

"알았어요. 그렇게 해요."

"미안합니다. 소저가 위험해질 수도 있는 일인데. 그래도 조금이라도 더 빨리 강해지고 싶습니다."

독고설은 계단을 오르며 고개를 저었다.

"아뇨, 저야말로 생각이 짧았어요. 천 공자가 온실 속의 화초가 되어선 안 되죠."

"이해해 줘서 고맙습니다."

"사실 질투도 났어요."

"예?"

"천 공자의 첫 번째 실전 합격이 제가 아니라 천마검이란 사실에."

"하하하."

천류영은 머쓱하게 웃다가 칼을 위로 뻗었다. 그리고 독고설도 그처럼 검을 위로 올렸다.

쨍!

단검 하나가 독고설의 검에 튕겨 나갔다. 갑작스러운 기습에 천류영이 긴장한 얼굴로 말했다.

"역시 검봉입니다."

독고설은 침묵했다.

천류영의 실력에 놀란 것이다. 자신이 움직이지 않았더라도 적의 단검이 천류영의 검에 튕겨 나갈 것을 알았기에.

사실 그에게 무공의 재능이 있다는 것은 진즉 알고 있었다. 그리고 그의 지난 일 년은 다른 사람의 십 년보다 더 치열했음도 알고 있었다.

그런데 외면하고 있었다. 그가 잘못될까 봐.

"마음 단단히 먹으세요. 저들은 괴물이 아래로 향한 것을 알기에 있는 대로 만만한 우리를 잡기 위해 발악할 거예요."

"알고 있습니다. 그리고 실망시키지 않도록 최선을 다하겠습니다."

"저 역시."

둘이 서로 마주 보며 눈빛을 교환했다. 얼굴에 미소가 번졌다.

서로 말을 하지 않았는데, 무엇을 하려는지 알 것 같았다.

둘이 마주 보며 고개를 끄덕였다.

그리고 둘이 바닥을 힘껏 치고 이층으로 올라섰다.

쇄애액. 쇄액. 쇄액.

비수들이 날아왔다. 조심하느라 천천히 올라섰더라면 위험할 뻔했다.

그만큼 다섯 개의 비수는 계단 끝자락의 공간을 효율적으로 노렸다. 둘이 검을 휘두르더라도 한 번의 검짓으로는 다섯 비수를 쳐 낼 수 없도록.

천류영이 앞에 놓인 탁자를 발로 쳤다.

좌르르르르.

탁자가 앞으로 미끄러지자 그 방향에 있던 두 왜인이 좌우로 몸을 날렸다. 순간 독고설의 눈에 이채가 스쳤다.

파아아앗!

그녀가 한 발을 내딛고 의자를 밟아 도약해 검을 휘둘렀다. 그녀의 검이 좌측 왜인의 가슴을 찢었다.

"컥!"

그러자 근처에 있던 세 명이 아직 바닥에 내려서지 못한 그녀를 향해 달려들었다.

쾅! 슈우우우웃.

천류영이 발로 친 의자가 셋 중 한 명에게 덮쳐 갔다. 결국 그는 칼로 독고설이 아니라 의자를 베어야 했다.

그 순간 독고설은 두 왜인을 칼로 튕겨 내고 빙글 돌아

의자를 벤 사내를 찔렀다.

한편 천류영은 자신을 공격하던 친왜파의 목에 칼을 꽂아 넣었다.

"끄어어억."

칼을 빼낸 천류영이 바닥을 두 바퀴 굴러 독고설 뒤로 붙었다. 그리고 독고설이 두 사내와 싸우는 틈을 노리던 한 왜인을 검으로 경계해 다가오지 못하게 만들었다.

이층엔 생각보다 많은 이들이 몰려 있었다.

괴물인 천마검이 지하에서 언제 올라올지 모르기에 최대한 천류영과 독고설을 빨리 잡으려는 심산이었다.

독고설의 얼굴에 미소가 한가득 어렸다.

"천 공자, 최고예요. 진작 함께할 걸 그랬네요."

"저에게 맞춰 주는 거 압니다. 죄송합니다. 하지만 언젠가는 소저를 도울 수 있도록 최선을 다할 겁니다."

천류영의 말처럼 독고설이 홀로 움직였다면 더 빠르게 더 많이 적을 제압했을 것이다.

독고설은 고개를 저으며 앞으로 발을 내디뎠다.

"아뇨. 저는 지금이 최고예요."

그녀는 진심이었다. 자신이 강해지는 것이 더뎌지더라도 이 사람이 더 성장할 수 있다면, 그래서 기뻐한다면 그것으로 충분했다.

쐐애애액.

"으아아악!"

천류영과 독고설, 둘의 합격이 빠른 속도로 조화를 이루고 있었다.

그건 천류영이 백운회와 함께할 때와는 다른 의미의 성장이었다.

백운회는 그를 가르쳐 주려는 것이었다. 어떤 상황에서라도 위험을 피해 갈 자신감을 가지고.

그러나 독고설은 그녀 자신의 목숨을 버릴 각오를 하고 천류영을 믿는 것이었다.

그 무게는 천양지차였다.

파라라라! 팟팟팟.

독고설이 오른쪽의 왜인을 쳐 내며 돌고는 정면의 사내를 향해 검을 찔러 넣었다.

그런데 이자, 움직이는 것과 칼을 휘두르는 것이 만만치 않은 자였다.

최소한 수십 초는 겨뤄야 한다는 생각으로 칼을 휘두르는 순간 상대가 찰나 움찔거렸다. 그것을 독고설이 놓칠리 없었다.

슈가가각!

"크으윽."

그의 배가 길게 갈라지며 피가 봇물처럼 쏟아졌다.

그런데 치를 떨며 쓰러지는 왜인의 시선이 독고설 자신

이 아니라 약간 옆을 향하고 있었다.

찰나지만 한숨을 돌린 독고설이 고개를 옆으로 돌려 천류영을 보았다. 그는 방금 우측에서 공격해 온 왜인의 칼을 침착하게 막아 내고 있었다.

순간 독고설의 머릿속으로 한 가지 생각이 벼락처럼 스쳤다. 그 생각은 독고설을 전율케 만들었다.

'설마?'

그녀는 빠르게 사방을 훑었다.

왜인들의 위치.

'말도 안 돼!'

그녀는 속으로 비명을 지르며 방금 배가 찢어져 죽어 가는 왜인을 보았다. 그의 마지막 시선이 향했던 곳.

그리고 이층에 올라오면서 자신과 천류영과의 싸움 과정을 빠르게 복기해 보았다. 천류영이 무슨 말을 하고 어떻게 움직였더라?

생각할수록 독고설은 소름이 돋아났다. 그리고 가슴이 욱신욱신 쑤셔 왔다.

푸욱.

천류영이 수비로 일관하다가 한 번의 찌르기로 왜인의 심장을 찔렀다.

왜인들은 천류영과 독고설, 특히나 독고설의 실력이 만

만치 않다는 것을 간파하고는 주춤거릴 뿐 쉽게 다가오지 못했다.

왜냐하면 방금 독고설이 배를 가른 왜인은 항주루에서 세 손가락 안에 드는 실력자였기 때문이었다.

천류영이 호흡을 고르며 물었다.

"소저, 괜찮으시죠?"

독고설은 입술을 꽉 깨물었다가 침을 삼키고 답했다.

"이 정도는 아무것도 아니에요."

그리고 방금 떠오른 생각을 알아보기 위해 슬쩍 떠봤다.

"그런데 왜 그랬어요?"

"예?"

"제가 질 거라고 생각했나요?"

천류영이 당황하다가 검을 든 손으로 이마를 훔치고 말했다.

"역시 고수는 다르군요. 소저한테는 사각 지역이라 보이지 않을 줄 알았는데."

"……."

"방해하려는 건 아녔습니다. 그냥……."

천류영이 말을 흐렸다.

독고설은 입술을 힘껏 깨물었다.

설마 했는데 사실이었다.

방금 자신이 쓰러트린 강자는 천류영이 갑작스럽게 기습해 오자 찰나 빈틈을 보인 것이다.

물론 천류영은 기습하는 동시에 검을 회수했지만 독고설보다 원래 한 수 아래인 그 왜인에게는 그 망설임이 치명적 패배로 돌아갔다.

두 왜인이 눈을 빛내며 다가왔다. 독고설은 단전을 폭발시키듯이 끌어 올리고는 칼을 휘둘렀다.

부우우우웅.

검에서 거대한 바람이 일었다.

검풍(劍風)이다.

검기에는 미치지 못하나 평범한 검풍이 아니었다. 그 바람에 휩쓸린 두 왜인이 뒤로 미끄러지듯이 밀려나고는 입을 쩍 벌렸다. 그 모습에 다른 왜인들도 숨을 들이켰다.

방립사내처럼 괴물은 아니었지만 엄청난 고수란 것을 제대로 느낀 것이다. 그들은 독고설을 쏘아보다가 삼층으로 후퇴를 시작했다.

다시 전열을 갖추려는 심산이었다.

독고설은 그들이 도망치는 것을 물끄러미 보다가 입을 열었다.

"왜 그랬어요?"

서늘한 목소리.

천류영은 그녀의 왼편에서 미안한 표정을 지었다.

"정말 소저를 믿지 못하거나 방해하려는 건 아녔습니다."

"천 공자……."

"실력을 더 키워서 소저에게 방해되지 않도록……."

독고설은 그의 말을 끊었다.

"그런 말이 아니잖아요."

"그럼?"

"천 공자, 합격하려는 의미가…… 저를 돕는 거였어요?"

"아……."

천류영이 당황하며 자신도 모르게 낮은 신음을 흘렸다. 독고설은 코끝이 찡해졌다.

"무공을 그리 열심히 익힌 게, 밤낮으로 그렇게 한 것이 저를 돕기 위해 그런 거였어요?"

"……."

"대답하세요!"

"그게…… 실은 소저를 제가 어떻게 돕겠습니까? 다만 소저가 고수들과 붙을 때는 너무 공격적이라 약간 아슬아슬할 때가……."

독고설은 신형을 부르르 떨었다.

맞다. 이 남자.

고수의 약점을 무섭게 간파하는 능력을 지녔다. 그러니

자신의 약점도 보였을 것이다.

검봉의 약점.

그리고 이 남자는…… 그 약점을 메워 주기 위해 철저한 수비와 찌르기를 선택한 것이다.

물론 그 자신을 위한 선택이기도 하다. 하지만 조금만 더 생각해 보면 수많은 고수들의 조언이 있었다.

천재 검사인 풍운의 조언도.

그들은 모두 천류영에게 무공을 정식으로 익히라고 닦달했다.

그런데 이 남자는…… 더 높은 경지로 갈 수 있는 길을 마다하고 이 길을 택했다.

그리고 독고설은 마침내 깨달았다.

천류영의 진심은 다른 곳에 있었다는 것을!

그는 자신을 지켜 주고 싶어 했던 것이다.

아까 독고설이 벤 고수도…… 천류영은 그의 약점을 간파하고 그곳을 노리려고 했을 것이다. 그에 놀란 왜인이 움찔한 것이고.

독고설은 손바닥으로 이마를 짚고 고개를 흔들었다.

이 얼마나 웃긴 일인가?

무공도 모르던 남자가, 무림에서 유명한 후기지수인 검봉을 보호해 주려고 무공의 방향을 설정했다는 것이.

그것을 위해 미친 듯 수련을 했다는 게.

독고설은 이를 악물고 중얼거렸다.

"내가 뭐라고……."

이미 독고설이 사정을 다 파악한 것을 안 천류영이 쓴 웃음을 깨물고 말을 받았다.

"소저는 저에게 아주 중요한 사람입니다. 저를 알아봐 주었고, 이끌어 주었어요. 그리고 무림에서 제가 가장 신뢰하는 사람입니다."

말할 수 없는 슬픔과 감동이 그녀의 가슴을 저몄다. 삼 층으로 올라가 싸워야 하는데, 어느새 습막이 차올라 시야가 뿌옇게 변했다.

이래서야 어떻게 싸울 수 있겠는가.

천류영이 독고설의 눈치를 살피며 귀밑머리를 긁적였다.

"설마…… 앞으로 합격 안 해 줄 겁니까? 그럼 지난 일 년 허송세월한 건데……. 한 번만 봐주십시오. 도움이 되도록 더 분발할 테니……."

독고설은 입술을 힘껏 깨물었다. 아픔으로라도 눈물을 참기 위해서. 대체 이 남자, 어떻게 사랑하지 않을 수 있단 말인가.

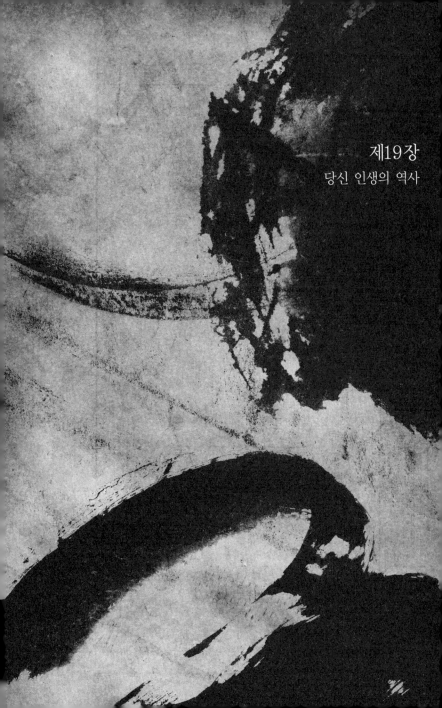

제19장
당신 인생의 역사

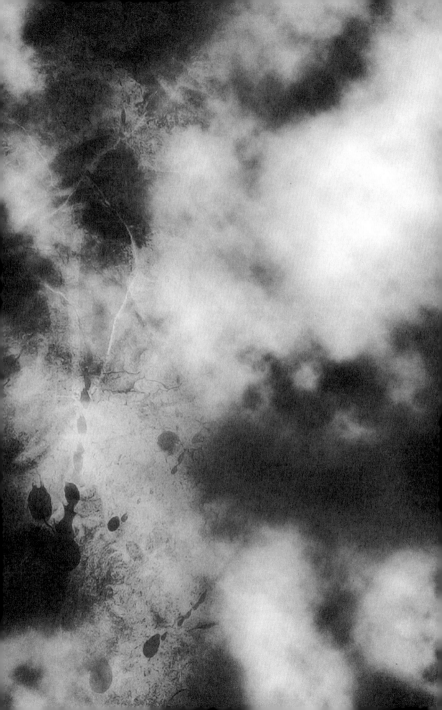

1

환락로 전체가 술렁였다.

밤이면 북적거리던 행인들은 싸움이 일지 않는 주루나 객잔, 다루 등에 들어가 숨을 죽이고 밖을 주시했다.

곳곳에서 화염이 치솟았고, 고함과 비명이 난무했다.

그곳들은 모두가 일본벌이 관리하는 사업장이었다.

항주루.

화재는 없었지만 고함 소리와 비명은 다른 어느 곳보다 자주 흘러나왔다.

항주루 근방은 서언이 이끄는 주작단이 철통같이 포위하고 있었다.

간간이 창을 통해 빠져나오는 왜인들은 한 명도 예외 없이 주작단원들에게 잡히거나 저항하다 목숨을 잃었다.

주작단의 부단주인 구철우는 항주루를 보며 잇달아 한숨을 내쉬었다. 그뿐만 아니라 주작단 전체가 씁쓸한 표정이었다.

모두가 싸우고 있었다.

환락로만 해도 항주루를 포함해 일곱 곳에서 분타의 동료들이 간악한 왜구들을 공격하고 있었다.

그런데 무려 삼백 명의 정예인 자신들은 묵묵히 서 있다가 한두 명씩 뛰쳐나오는 적들을 잡는 게 고작이었다.

가만히 서 있는 게 고역이었고 부끄러웠다.

구철우 부단주는 곁에 서 있는 서언을 흘낏 보았다가 이내 시선을 돌렸다. 자신들이 왜 이런 처지가 됐는지는 이미 얘기를 들었다.

서언이 자신들을 얼마나 아끼는지, 그 마음을 알기에 할 수 있는 건 침묵뿐이었다.

결국 서언이 짙은 한숨을 내뱉고 말했다.

"미안하다."

짧지만 묵직한 말에 주변의 단원들이 입술만 깨물었다.

그러나 불평하는 이는 없었다. 그만큼 단주를 신뢰하는 것이다.

구철우 부단주가 입을 열었다.

"자책하지 마십시오. 우리 모두는 단주님을 믿고 따를 뿐입니다."

"……."

"저희들은 정말 괜찮습니다."

서언은 쓰게 웃었다. 수하들이 자신을 배려하는 마음씀씀이에 가슴이 아팠다.

구철우가 화제를 돌렸다.

"그런데 정말 이렇게 서 있기만 해도 되는 겁니까? 무명이라는 인물이 낭왕 대협께서 인정한 고수라고는 하지만, 자칫 분타주님께서 잘못되기라도 하면……."

그는 말꼬리를 흐렸다.

솔직히, 자신들에게 이리 과한 벌을 주고 있는 분타주를 향한 원망이 없다면 거짓말이다.

하지만 자신뿐만 아니라 주작단원들 모두가 천류영을 진심으로 좋아했다. 그의 말과 지금까지 보여 준 행보가 가슴을 뛰게 만들기 때문이었다.

항주루 문 앞에서 어슬렁거리던 주작단 일조장이 다가오다가 구철우의 말을 받았다.

"그냥 들어가서 분타주님을 돕죠? 자칫 분타주님께 무슨 일이라도 생길까 봐 초조해 죽겠습니다."

서언은 입술을 꾹 깨물었다가 평소에 즐겨 하는 말을 반복했다.

"명을 받았다. 자리를 사수하라는."

"……."

"우리는 무사, 명을 따를 뿐이다."

*　　　　*　　　　*

백운회는 계단을 내려가며 연신 고개를 갸웃거리다가 입을 열었다.

"내가 검봉의 실력을 과대평가한 건가? 어떻게 삼층까지밖에 못 올라갔었지?"

천류영과 독고설은 입이 열 개라도 할 말이 없었다. 백운회가 홀로 지하를 다 쓸고 오는 동안 자신들은 고작 두 개 층을 정리했을 뿐이니까.

백운회는 의심쩍은 눈으로 둘을 보다가 천류영에게 물었다.

"나를 부려 먹는 거야 상관없지만 너무 일을 안 하는 건 아닌가? 그래서야 실력이 늘지 않아."

천류영이 계면쩍은 미소로 귀밑머리를 긁적거리며 답했다.

"사정이 있었습니다."

"무슨?"

"제발 이유는 묻지 말아 주십시오."

백운회는 곤혹스러워하는 천류영과 아직까지 얼굴이 붉게 상기된 독고설을 보며 다시 고개를 갸웃거렸다.

딱 보기엔 청춘 남녀 간에 비밀스러운 일이 있었던 것 같았다.

하지만 다른 사람도 아닌 천류영과 검봉이 교전 중에 고백을 하거나 사고를 쳤을 리 없었다.

백운회는 마침내 일층에 도착해 탐탁지 않은 표정으로 말했다.

"천류영, 너는 정말 끝까지 나를 의문에 빠지게 하는구나."

천류영이 괜히 손뼉을 치면서 화제를 돌렸다.

"자자, 서두르죠. 빨리 대일전장으로 가야죠."

그들이 항주루 밖으로 나오자 서언이 고개를 숙이며 맞았다.

설마 했는데 천류영은 정말 두 호위무사만으로 항주루를 접수한 것이다. 도중에 도움을 요청할 줄 알았는데…….

"무탈…… 하십니까?"

천류영은 미소를 지우고 딱딱한 얼굴로 답했다.

"단주님께서 걱정해 준 덕분에 괜찮습니다."

"……."

"명을 착실하게 지키고 계셨군요."

서언은 굳은 얼굴로 답했다.

"명령이니까요."

천류영은 잠깐 침묵하며 서언을 직시하다가 말했다.

"지하에 갇혀 있던 사람들이 아직은 불안한지 나오질 않는군요. 주작단이 그들을 다독여 주십시오."

서언의 이맛살이 찌푸려졌다. 천류영은 끝까지 자신들에게 하찮은 일을 맡기고 있었다.

"분타주님. 우리는…… 주작단입니다."

"단주님께서 좋아하시는 명령입니다만."

그 말을 끝으로 천류영이 서언의 곁을 지나쳤다. 백운회는 쓴웃음으로 그 뒤를 따랐고, 독고설도 발을 뗐다.

서언이 급히 독고설의 팔을 잡고 속삭였다.

"검봉."

독고설은 천류영이 걸어가는 모습을 보며 답했다.

"예, 단주님."

"어떻게 됐습니까?"

"예? 뭐가요?"

그녀의 반문에 서언의 얼굴이 구겨졌다. 그제야 독고설이 '아!' 하는 탄식을 뱉었다. 그리고 주저하는 표정으로 대꾸했다.

"굳이 도움은…… 필요 없을 것 같아요."

"그게 무슨 말입니까?"

"무명 대협께서 워낙 고수시라."

독고설이 슬며시 그의 손을 떼어 내려 하자 서언이 힘주어 잡았다.

"검봉마저도 우리를 밀어내는 겁니까? 본 단이 쓸모없다 여기는 겁니까?"

"그게 아니에요. 정말로 필요……."

독고설은 말을 잇지 못하고 한숨을 삼켰다.

천류영 때문에 약간 정신이 없었다. 하지만 주작단의 일을 이렇게 넘기는 것은 아니란 생각이 들었다.

그녀는 자신을 기다려 줄 생각이 없는지 빠른 걸음으로 이동하는 천류영과 천마검의 뒷모습을 보며 초조한 표정을 지었다.

그러나 이내 뭔가를 결심한 듯 눈을 빛내며 천류영을 향해 외쳤다.

"분타주님! 금방 따라갈게요."

그녀의 고함에 천류영은 계속 걸어가며 손을 흔들었다. 그러자 백운회가 천류영을 향해 낮게 말했다.

"네 예상대로 주작단주가 검봉을 붙잡았고, 그녀가 남았군."

천류영이 싱긋 웃고 고개를 끄덕였다.

"당연한 겁니다."

당연하다고 말했지만 독고설과 서언의 심리에 정통하기

에 가능한 것이다. 백운회는 빙그레 웃고 물었다.

"자, 이제는 검봉이 네 뜻대로 움직여 주느냐가 관건이 군. 검봉이 해낼까?"

"그녀는 뛰어난 인재예요. 누구보다 사려 깊고 현명하 죠."

천류영의 낭랑한 목소리에서 그가 그녀를 어떻게 생각 하는지가 물씬 풍겼다.

백운회는 그런 천류영의 표정을 보며 혀를 찼다.

"사랑에 빠진 얼굴이군. 그래서야 냉정한 판단을 할 수 있을까?"

천류영이 당황하다가 멋쩍은 표정으로 대꾸했다.

"공과 사를 구별 못하진 않습니다."

"그래도 네가 검봉에게 그녀가 무슨 말을 해야 할지 직 접 얘기해 두는 게 낫지 않았을까?"

천류영이 고개를 저었다.

"상처받은 사람의 진심을 얻는 일입니다. 저는 검봉에 게 서언 단주와 주작단을 어떻게 생각하는지, 간접적으로 제 마음을 드러냈어요. 그거면 충분하다고 생각합니다. 더 관여하는 건 옳지 않아요."

백운회의 눈에 이채가 스쳤다.

"호오, 검봉을 정말 완전히 믿는군."

천류영은 대꾸 없이 미소만 짓고 어깨를 으쓱거렸다.

백운회가 계속 말했다.

"흥미롭군. 과연 검봉이 네 의도를 간파했을지. 그리고 그녀가 주작단주를 움직일지. 나 같으면 낭왕이나······."

천류영은 까만 하늘을 올려다보며 백운회의 말을 끊었다.

"검봉이 적격입니다. 무림 후배면서도 투박하고 진솔한 말을 가감 없이 할 테니까요. 그게 주작단주의 마음을 더 흔들 겁니다."

"······."

"낭왕 대협이나 배분이 위인 분이 나서면 결국 제가 명을 내리는 것과 별 차이가 없어요. 결국 강요죠. 그렇게 되면 다음 싸움이 어려워집니다."

천류영이 계획하고 있는, 다음 전투의 핵심 중 하나는 주작단이다.

서언이 지금처럼 명령에 복종하는 것에 불과한 태도라면 자칫 일이 틀어질 수도 있었다. 위험한 명에는 소극적일 테니까.

백운회는 혀를 차며 고개를 저었다.

"쯧쯧, 명분과 마음. 정파는 너무 복잡하단 말이지. 그냥 강자존의 율법에 따르게 하면 간단한 것을."

그의 말에 천류영은 쓴웃음을 깨물었다. 바로 그런 점에서 백운회와 자신이 다르기에.

독고설은 주작단원들이 항주루 안으로 들어가는 것을 잠시 보다가 서언에게 말했다.

"저는 분타주님의 깊은 속내는 알지 못해요. 하지만 확실한 것이 있어요. 분타주님은…… 단주님과 주작단을 내치신 게 아니에요."

서언의 미간이 좁혀졌다.

"하지만 분타주께서는……."

독고설이 그의 말을 끊었다.

"시간이 많지 않으니 제 얘기부터 할게요. 사실 저는 분타주님과 단주님이 이상했어요. 분타주님은 단주님에게 전장을 고르는 비겁자라고 말했고, 체면만 생각한다고 헐뜯었죠. 그러나 무명 대협과 저하고만 있을 때는 전혀 다른 말을 했어요. 단주님과 주작단원들이 상처가 많다고."

그녀의 말에 서언의 눈가가 잔경련을 일으켰다. 그것을 보며 독고설은 말을 이었다.

"분타주님이 주작단에게 가혹하게 하는 것 같지만 속내는 그렇지 않다는 뜻이죠. 사실 분타주님께서 주작단이 정말 싫었다면 이번 야습에서 제외시켰을 거예요. 솔직히…… 지금 주작단은 없어도 되잖아요?"

지독하게 냉정한 말이었지만, 서언은 반박할 수가 없어

서 입술을 깨물었다. 그녀가 계속 말했다.

"결론은, 분타주님은 지금 기다리고 있다는 얘기죠."

서언이 침음을 흘리다가 대꾸했다.

"뭘 말입니까?"

"아시잖아요?"

"……."

"단주님도 알고 계시면서 모르는 척하는 거죠?"

"검봉……."

"단주님은 지금 명령 뒤에 숨어 있어요. 분타주님이 필요하면 명을 내리시라고. 그러면 그 명을 따르겠다고. 하지만 분타주님은 함께 싸우자는 명을 내리지 않고 있어요. 왜일까요?"

"……."

"분타주님은 주작단이 어쩔 수 없이 명에 따르는 걸 원치 않는 거죠. 명령이 아니라 진심을 원하는 겁니다. 주작단이 앞으로 걸어갈 길을 스스로 선택하라는 요구를 하고 있는 거죠. 그건 아마…… 주작단을 크고 귀하게 쓰려는 것 아닐까요?"

독고설은 서언의 얼굴을 유심히 살피며 연달아 질문을 던졌다.

"그리고 단주님은…… 분타주님께 마음을 주기는 싫은 거죠. 맞죠?"

서언은 고통스러운 표정으로 입술을 꽉 깨물었다. 그 표정을 본 독고설은 자신의 추측이 맞았음을 확신했다.

그녀는 쓴웃음을 깨물고 고개를 젓고 말했다.

"수하를 아낀다는 이유만으로 안전한 전장을 고르는 게 아녔군요. 체면을 생각한 것도 아니고요."

"……."

"우리 분타주님을 못 믿나요?"

서언은 눈을 감았다. 그의 입술이 파르르 떨리다가 열렸다.

"믿소."

"그런데 왜 마음을 주기는 싫은 거죠?"

"개혁을 꿈꾸니까."

"……!"

서언이 눈을 뜨고 독고설의 놀란 얼굴을 직시했다.

"젊은 시절, 나는 무림맹에서 수많은 장수들을 보았습니다. 검봉, 그들 중 몇몇은 제 마음을 송두리째 훔쳐갔어요. 상관인 경우엔 충성을 바쳤었고, 동료나 아랫사람일 때는 남몰래 지원했었지요. 진심으로…… 마음을 주었어요."

독고설이 아미를 찌푸리며 물었다.

"그런데 왜 우리 분타주님께는 그렇게 하지 않죠?"

"그 사람들 대부분이 변절했으니까."

"우리 분타주님은 달라요."

서언이 한숨을 삼키고 말했다.

"그들의 주변 사람들도 그렇게 말했었소. 눈에 콩깍지가 쓰이면 냉정한 사리분별을 하기 어렵소."

"하지만……."

서언이 손사래를 치며 독고설의 말허리를 끊었다.

"물론, 그럼에도 나는…… 분타주님은 변절할 분이 아니라고 생각하오."

독고설이 반색했다가 고개를 갸웃하며 물었다.

"그런데 왜?"

"그래서 더 문제요."

"그게 무슨 말이죠?"

"변절하지 않은 사람들도 있었소. 하지만 그들의 말로는 비참했소. 뜨겁고 치열하게 살았지만 결국 버둥거리며 추락했소. 자신뿐만 아니라 주변 사람들까지……."

그는 말꼬리를 흐렸다가 이었다.

"종내는 그렇게 모두 한 줌의 연기로 불타 버렸소."

마침내 드러난 서언의 속내에 독고설은 피식 웃고 대꾸했다.

"결국 죽는 게 두렵다는 말이네요. 죽음을 두려워해서야 제대로 된 무인이라 할 수 있나요? 무사란 삶과 죽음의 경계에서 사는 자예요."

서언의 눈에 노염이 맺혔다.

"검봉, 내가 죽음 따위를 두려워하는 것 같소?"

서언은 격하게 반응했다가 이내 우울한 목소리로 말을 이었다.

"역사는 결국 승자의 기록이오. 그 승자는 늘 기득권이었소. 그리고 좋은 세상을 위해 나아갔던 사람들에겐 오명만 남소. 나는…… 보이오. 내가 마음을 주고 그분을 따른다면 나뿐만 아니라 주작단원들도 결국은 더러운 반역자나 불순분자로 몰려 희생될 것."

"……."

"무사에게 죽음보다 더 귀한 것. 바로 명예를 잃게 될 것이오."

독고설은 비장하면서도 슬픈 서언의 표정을 보며 침묵하다가 이내 피식 실소를 흘렸다. 그러자 서언이 눈살을 찌푸렸다. 어렵게 속내를 말했는데 왠지 조롱받는다는 느낌에 은근 화가 치밀었다.

"검봉, 내 말이 웃기오?"

독고설은 여전히 실소를 머금은 채 손사래를 쳤다.

"아뇨. 충분히 그럴 수 있다고 생각해요. 저보다 훨씬 오래 사셨으니 상처도 더 많고 깊다는 것을 느꼈어요. 분타주님의 말씀이 옳았네요."

"그런데 왜 웃는 거요?"

서언의 채근에 독고설이 정색했다.

"나중의 명예를 말하시는 분이 왜 당장 지금의 명예는 보지 못하는지 의아해서요."

"……!"

"예전부터 늘 그랬다. 그러니까 해 봐야 소용없다. 그런 생각을 가지고 가슴속의 뜨거운 의기를 억지로 누른다면, 글쎄요? 지금 행복하세요? 스스로 지금 명예롭다고 생각하세요?"

"검봉, 나는……."

독고설이 손을 들어 서언의 말을 가로막았다.

"저 이젠 정말 가 봐야 될 것 같아서, 무례하지만 제 말만 할게요."

"……."

"다른 사람이 멋대로 판단하는 명예보다 더 중요한 건, 자신 스스로가 인정하는 명예 아닐까요?"

"……."

"역사는 승자의 기록이라고요? 맞아요. 하지만 그걸 의식하느라 위선자나 겁쟁이로 살고 싶지는 않아요. 저에게 더 중요한 건……."

독고설은 말꼬리를 흐렸다가 심호흡을 하고 가슴을 폈다. 그리고 눈을 빛내며 말했다.

"제가 바로 지금 써 나가고 있는 제 인생의 역사예요."

2

서언의 눈동자가 흔들렸다. 마치 비수가 심장에 박힌 듯한 충격이었다. 그리고 자신도 모르게 독고설의 말을 따라 중얼거렸다.

"지금 써 나가고 있는 내 인생의 역사……."

독고설이 주먹을 불끈 쥐며 고개를 끄덕였다.

"네, 내가 지금 얼마나 뜨겁게 살아가는지, 내가 어떤 사람을 사랑하는지, 내가! 무엇을 소중하게 여기고, 무엇에 가치를 부여하고, 무엇을 위해……."

그 순간 항주루의 입구로 나오던 한 소년이 자신을 이끌던 주작단원의 손을 놓고는 갑자기 서언의 손을 덥석 잡고 고개를 숙였다.

"아저씨가 대장님이라면서요? 구해 주셔서 고맙습니다."

독고설이 그걸 보고는 미소 지었다.

"더 이상의 말은 필요 없겠네요. 이 소년이 바로 지금 우리가 쓰고 있는 기록이죠. 훗날, 제가 불순한 무리로 기록된다고 해도 두렵지 않아요. 제가 쓴 역사는 한 점 부끄럼 없이 떳떳하니까요. 그걸…… 이 소년은 기억해 줄 테니까."

그녀는 소년의 머리를 한 차례 쓰다듬고는 총총 사라졌다.

서언은 독고설의 뒷모습을 보았다가 여전히 손을 잡고 있는 소년을 보았다. 아이는 아직도 불안한지 어깨를 떨고 있었다. 서언은 그게 안쓰러워 소년의 머리를 쓰다듬었다.

"이제 너는 안전하단다. 그러니 이 손을 놓아도……."

항주루 일층에 있던 구철우 부단주의 쩌렁쩌렁한 고함이 그의 말을 묻히게 만들었다.

"정말로 일본벌은 와해되었습니다. 그러니 제발 두려워하지 마세요. 저희들은 무림맹 절강 분타의 무사들, 여러분들을 안전하게 지킬 겁니다."

어느새 항주루 일층엔 많은 사람들이 주작단원들의 보살핌을 받으며 올라와 있었다. 그리고 지금도 계단으로 올라오고 있는 사람들.

갖은 고초로 피폐해진 사람들은 여전히 불안한 눈빛이었다. 그러나 그 눈에는 희망도 어려 있었다.

구철우가 흘낏 문가의 서언과 소년을 보고는 다시 외쳤다.

"저쪽에 아이의 손을 잡고 계신 저분 보이시죠? 그 유명한 무림맹 주작단의 단주님이십니다. 제발 좀 믿으세요!"

그때 한 중년 여인이 눈물을 쏟아 내며 허리를 숙였다.

"나으리, 고맙습니다. 고맙습니다."

중년 여인의 말을 시작으로 여기저기에서 그 말이 봇물처럼 터졌다. 어떤 이는 엎드려 주작단원의 바짓가랑이를 붙잡고 기쁨에 찬 오열을 했다.

"고맙습니다."

"엉엉엉, 고맙습니다."

울음은 전염이 된다.

소년과 소녀가, 청년과 처녀가, 중년 사내와 여인이 통곡하며 '고맙습니다!'를 연신 외치며 흐느꼈다.

살려 줘서 고맙습니다.

구해 주셔서 고맙습니다.

우리를 버리지 않아서 고맙습니다.

서언은 그들을 보며 입술을 꾹 깨물었다.

지금 천류영은 질문을 던지고 있었다.

당신은 왜 칼을 든 무사가 되었냐고.

그리고 지금 당신이 써 나가고 있는 역사는 스스로에게 당당하냐고.

서언은 가슴이 왠지 먹먹해졌다.

그런 서언의 손을 이젠 어떤 청년이 잡았다. 그리고 처녀가 붙잡았고, 소녀가 매달렸다.

"아저씨, 고맙습니다."

"……."

"아저씨가 정말 여기 대장이신 주작단주님이세요?"

눈이 맑은 소녀의 당돌한 질문에 서언이 당황했다.

"응? 그게…… 뭐, 일단은……."

소녀가 손을 아래로 잡아당겼다. 몰래 할 말이 있다는 뜻이었다.

서언은 곤혹스러우면서도 몸을 낮춰 눈높이를 맞췄다. 그러자 소녀가 두 손을 모으고 그의 귀에 대고 말했다.

"예쁘게 커서 아저씨한테 시집갈게요."

조곤거리는 목소리인데 제법 컸다.

"저 기다려 주셔야 해요."

그 광경을 지켜보던 구철우가 소녀를 윽박질렀다.

"방금 나한테 시집온다며?"

그 말에 사람들이 웃음을 터트렸다. 하지만 웃고 있는 그들의 눈은 모두 벌겋게 충혈돼 있었다.

서언은 어금니를 꽉 물었다.

독고설의 말이 뇌리에서 떠나지 않고 맴돌았다.

내가 지금 써 나가고 있는 역사는 어떤가. 지금 나는 명예로운가, 아니면…… 비겁한가.

갑자기 눈물 한 방울이 뺨을 타고 또르륵 흘렀다.

소녀가 앙증맞은 손으로 그 눈물을 닦으며 토라진 표정을 지었다.

"제가 그렇게 싫으세요?"

서언은 눈물을 흘리면서도 웃고 말았다. 그리고 간신히 말했다.

"아니, 나는…… 네가…… 정말 좋단다."

소녀가 다행이라는 표정으로 해맑게 웃었다. 그 얼굴을 보며 서언은 이를 악물었다.

메마르다 못해 언제부터인지 딱딱하게 굳었던 심장이 십수 년 만에 다시 뜨겁고 힘차게 박동하기 시작했다.

*   *   *

대일전장.

지금 이곳은 적막에 휩싸여 있었다.

마치 일본벌의 모든 사업장이 공격받고 있는 것을 전혀 모르고 있는 것처럼. 밤이라면 응당 있어야 할 화톳불과 번을 서는 무사들조차 없었다.

하지만 대일전장의 왜인들은 잠들어 있는 것이 아니었다. 그들은 일본벌주인 노다케의 명을 기다리며 어둠 속에 잠복해 때를 기다리고 있었다.

대일전장의 다섯 전각 중 중앙에 위치한 대일각(大日閣).

최상층인 팔층에 있는 창문이 하나 열려 있었다.

한 노인이 창 앞에서 뒷짐을 진 채 서서 허공을 응시했다.

일본벌의 벌주, 노다케.

둥근 얼굴에 살집이 넉넉한 체격이다.

한창때는 그도 전장에서 위명을 떨치던 무사였다. 그러나 일본벌의 사업에 치중하면서 무공 수련은 자연스럽게 멀어졌고, 지금은 무인이라기보다는 사업가에 가까웠다.

노다케는 항주 곳곳에서 치솟는 불길을 보며 터질 듯한 노염을 가까스로 참아 내고 있었다.

그의 두꺼운 입술이 열렸다.

"신이치, 더 들어온 소식은?"

방금 보타산으로 전서구를 띄우고 내실로 들어와 부복한 사내, 신이치가 암울한 어조로 답했다.

"없습니다."

그의 말에 노다케의 한쪽 뺨이 씰룩거렸다.

지금 창밖으로 보이는 불길만 해도 열 곳이 넘는다. 그런데 영일옥(永日玉)이란 사업장에서 정체불명의 무리에게 기습당했다는 급보를 가져온 수하 외에 추가 보고가 없다는 것은 무엇을 의미하는가?

상황이 비관적이란 뜻이다. 일방적으로 당하고 있다는 얘기다.

노다케는 목을 한 바퀴 천천히 돌리고는 말했다.

"모든 사업장이 공격을 받고 있군."

그렇지 않았다면 야습을 받지 않은 사업장에서 근방으로 지원을 나서면서 이곳으로 보고를 하러 왔을 것이다.

초로의 신이치가 고개를 숙이며 대답했다.

"치밀하게 준비했다고밖에 볼 수 없습니다."

"항주에서 이렇게 동시다발적인 야습을 할 수 있는 세력은 무림맹 절강 분타나 사오주 지부밖에 없지."

노다케는 한숨을 삼켰다.

양쪽 다 신임 수장이 새롭게 왔다. 그들의 성향을 알아보기 위해 자리를 만들려고 했는데, 절강 분타에 있던 간자로부터 뜻밖의 얘기를 들었다.

오늘 밤, 무림맹이 사오주를 야습한다는.

판세가 요상하게 돌아간다 싶어서 지켜보기로 했다. 그런데 어이없게도 지금 기습받고 있는 것은 사오주가 아니라 자신들이었다.

간자를 역이용하는 반간계(反間計)에 당한 것이다.

신이치가 입을 열었다.

"무림맹입니다. 그 무림서생이라는 신임 분타주가 우리를 공격하고 있는 겁니다."

노다케는 고개를 끄덕여 동의했다.

"사천에서의 명성이 허명은 아니었군."

지금쯤 사오주는 무림서생의 야습에 대비하고 있을 터, 자신들을 공격할 상황이 아니다. 아마 사오주 지부 근처의 어딘가에 숨어 밤이슬을 맞으며 밤을 꼬박 지새우겠지.

왠지 사오주도 한심하다는 생각이 뇌리를 스쳤다. 하긴 그래도 자신들의 처지보다야 백배 나았지만.

신임 분타주, 무림서생.

그자가 일본벌과 사오주를 농락하고 있었다.

하지만…… 놈은 그 대가를 받게 되리라. 아주 비참한 최후를 맞게 될 것이다.

그는 고개를 들어 까만 하늘을 보았다. 자꾸만 쓴웃음이 흘러나왔다.

"내 운명도 여기까지인가?"

그의 자조 섞인 혼잣말에 신이치가 미간을 접었다.

"벌주님, 빠져나가 보타산으로 이동해야 합니다. 절강 분타의 놈들이 총공격해 온 이상 우리만으로는 역부족입니다."

신이치는 벌주를 설득했다. 서른 닌자와 일백 정예가 있지만 승산은 전무했기에. 그러나 노다케는 고개를 저었다.

"아니, 이곳에도 곧 놈들이 들이닥칠 것이다. 그놈들을 최대한 죽인다."

"놈들에게 피해를 줄지언정 이길 수는 없습니다."

노다케는 다시 고개를 도리질 쳤다.

"수하들을 버리고 도망친 나를 겐죠 님께서 용서하겠는

가? 차라리 할복했어야 한다고 꾸짖으실 분이다."

그가 던진 물음에 신이치는 입술을 꾹 깨물었다.

겐죠 총대장은 아군이라도 후퇴하는 자는 가차 없이 베는 분이다. 원래 그랬던 분이 최근에 들어서는 더욱 냉혹해졌다. 작은 실수라도 하면 그 자리에서 목을 뎅겅 베었다.

노다케는 피식 웃고는 말했다.

"오늘 밤, 나는 죽고 일본벌은 해체되겠지. 그러나……무림서생도 곧 내 뒤를 따라오게 될 거다. 본국 최고의 검술가였으며, 전장의 폭풍검이라 불렸던 겐죠 님의 무서움을 뼈저리게 느끼면서."

"……."

"겐죠 님께는 차라리 잘된 일일 수도 있겠구나. 전장을 향한 그리움과 피의 갈증을 이번 기회에 원 없이 푸신다면, 예전의 겐죠 님으로 돌아오시겠지."

"벌주님……."

신이치가 침통한 표정을 지었다. 그러자 노다케가 눈을 빛내며 무겁게 말했다.

"신이치, 너는 나를 대신해 일본벌을 재건해야 한다. 그러니 지금 빠져나가라."

"어찌 저만 살길을 도모하겠습니까?"

"이건 명령이다."

"……."

"그리고 겐죠 님께 이 말을 전해라."

유언이다.

신이치는 상관의 명을 거부할 수 없다는 것을 느끼며 몸을 일으켰다.

"말씀하십시오."

"나 노다케는 최선을 다해 적들을 죽일 터이니, 남은 적은 겐죠 님께서 마무리해 달라고. 본 벌의 복수를 부탁한다고!"

신이치는 고개를 숙였다.

"옛! 그리 전하겠습니다."

"그리고 다카시에겐……."

노다케는 잠시 말을 끌며 생각을 정리했다. 다카시는 겐죠 님의 부관이며 자신 다음인 서열 삼 위의 인물이다.

그러나 무공 실력으로는 겐죠 다음의 이인자로 절정고수다.

생각을 마친 노다케가 말을 이었다.

"사오주를 회유하라고 전해라. 그들은 무림서생에게 속아 오늘 밤 허탕을 칠 터, 이용당한 것을 깨닫고 분노가 하늘을 찌를 것이다. 그들을 끌어안아야 한다."

신이치가 고개를 갸웃거리며 물었다.

"그들이 우리의 뜻을 따라 주겠습니까? 우리와 정파의

싸움을 즐기며 관망할 텐데요?"

"그러니까 반드시 포섭해야 한다. 겐죠 님이 정파를 쓸어버려도 사오주에게 뒤통수를 맞으면 상황이 어려워진다."

"방법이 있겠습니까?"

노다케가 싱긋 웃고 말했다.

"돈은 귀신도 부린다고 했다. 우리가 그동안 긁어모은 재물이 보타산에 산더미가 아니냐? 사오주에게 퍼 주면 반드시 넘어올 것이다. 곧 마교발(魔敎發) 피바람이 무림에 불어닥칠 터, 기회를 노리고 있는 사오주는 군자금이 많이 필요할 테니까."

신이치는 노다케 벌주의 말을 묵묵히 듣고 사라졌다. 그러자 노다케는 흐릿한 미소를 지으며 중얼거렸다.

"죽는 것보다 겐죠 님의 싸움을 직접 보지 못하는 것이 아쉽군."

진심이었다.

보는 이로 하여금 전율에 휩싸이게 만드는 겐죠의 칼.

노다케는 아주 오래된 옛일을 추억했다. 그분께서 칼을 들고 나서면 수천, 수만의 적들이 공포에 질렸다. 그것이 마치 어제 일처럼 눈에 선했다.

"후후후, 무림서생, 넌 잠자는 사신(死神)을 깨운 거다."

더구나 그 사신은 지금 광기에 차 폭발 직전이었다.

노다케는 고개를 돌려 벽의 검좌대를 보았다. 언제 잡았는지 기억도 나지 않는 애병이 잠자고 있었다.

그는 조용히 칼을 들고는 중얼거렸다.

"무림서생, 네 수하들을 최대한 많이 죽여 주마."

그 말이 끝나는 순간, 대일전장의 정문이 '쾅!' 하는 굉음과 함께 날아갔다.

노다케의 입가에 비릿한 미소가 떠올랐다.

"왔구나!"

그는 서둘러 창가로 이동했다. 그리고 자신도 모르게 오만상을 썼다.

겨우 세 사람이 부서진 정문에 서 있었다. 그들은 시끌벅적하게 정문을 부쉈는데도 아무 반응이 없자 쉽게 안으로 들어서지 않았다.

"겨우 세 놈이라."

노다케는 혀를 찼지만 이내 정색했다. 빨리 끝내고 다음을 기다려야 하니까. 그러나 놈들은 무슨 대화를 나누는지 좀처럼 들어오지 않았다.

결국 노다케는 자신을 보고 있을 닌자 수장에게 공격하라는 수신호를 보내려고 했다. 그 순간, 방립사내가 안마당으로 들어섰다. 그리고 노다케의 얼굴이 경악으로 물들었다.

                    *   *   *

　대일전장의 정문을 주먹으로 날려 버린 백운회는 문턱
의 앞에 멈춰서 말했다.

　"닌자라는 자객인가 보군. 내가 없었으면 제법 피해를
보았겠어. 후후후."

　그의 광오한 말에 천류영과 독고설이 심호흡을 하며 긴
장했다.

　화톳불 하나 없이 달빛과 별빛만 교교하게 흐르는 칠흑
같은 밤.

　이런 곳에서 고도의 살수들이 목숨을 노린다면 아차 하
는 순간 숨이 끊어질 수 있었다.

　물론 천마검이라는 희대의 고수가 곁에 있지만 자신의
목숨은 자신이 챙겨야 한다. 그 기본적인 것을 잊을 때 방
심이 생기고 그 틈으로 저승사자가 찾아오는 법이니.

　독고설은 곁의 천류영을 보며 눈으로 말했다.

　결코 곁에서 떨어지지 말라고.

　천류영이 고개를 끄덕이며 엷게 미소 지었다. 그러나
그도 곧 긴장한 낯빛으로 칼을 빼 들었다.

　백운회는 문턱 앞에서 태연하게 고개를 돌리고 천류영
을 향해 물었다.

"주작단을 기다릴 건가?"

"당연하지요."

"그럼 우리가 여기에서 적당히 시간을 끌어야 한다는 말인데……. 자객들을 상대로는 좋지 않아. 눈먼 비수나 독침에 네가 당할 수도 있다."

백운회의 말은 천류영의 실전 경험이 부족하다는 얘기인 동시에 닌자의 실력이 출중하다는 것을 뜻했다.

그로 인해 독고설은 더욱 긴장했다. 어떻게든 천류영만큼은 지켜야 한다는 생각에.

독고설은 그러면서도 천마검이 신경 쓰였다. 저렇게 태연하게 닌자들을 상대로 등을 보이고 있어도 되는 걸까?

그 생각은 그녀만 하고 있는 게 아니었다.

안마당에서 비교적 정문에 가까운 곳에 매복한 닌자들은 방립사내를 보며 기가 막혔다. 놈은 안으로 들어서기도 전에 자신들이 숨어 있는 것을 간파했을 정도의 고수였다.

그런데 그걸 알면서도 보란 듯이 등을 보이는 모습에 치가 떨릴 지경이었다.

대놓고 무시하는 것이 아니고 뭐란 말인가?

당장에라도 품속의 수리검과 비수를 바리바리 던지고 독침을 쏘고 싶었다. 하지만…… 하지 못했다.

그건 오랜 세월 닌자로 살아오면서 저절로 체득하게 된

경험이 주는 위기감이었다.

섣부르게 움직였다가는 자신이 먼저 당한다는 위기감.

닌자들은 왜 그런 위기 본능이 지금 발동하는지 이해할 수가 없었다.

[일단 기다린다.]

정문과 가까운 곳에 매복한 닌자 중 조장이 주변 수하들에게 잇달아 전음을 보냈다.

[세 놈이 다 들어오면…… 그때 한 번에 친다.]

한편 백운회의 경고에 독고설이 긴장을 풀기 위해 질문을 던졌다.

"혹시 몇 명쯤 되는지 아나요?"

정말 긴장을 풀기 위해 농담조로 물은 것이다.

그런데 백운회는 담담하게 대꾸했다.

"안마당 곳곳에 서른 명."

독고설은 입술을 질끈 깨물었다가 피식 웃었다.

"농담이죠?"

백운회는 딱히 대꾸하지 않았다. 그러나 그것을 들은 닌자들은 얼어붙었다.

3

[뭐, 뭐지?]

[어떻게?]

[찍은 거다. 그냥 우연히 찍은 건데 맞은 거야! 그러지 않고서는 불가능해!]

그들이 술렁였다. 그러자 닌자 수장이 나섰다.

[모두 침착해라. 우리들이 서른 명이라는 것을 극소수지만 아는 이들이 있다. 분명 어디에서 정보를 얻은 것을 지껄이는 것에 불과하다.]

닌자들의 동요는 가시지 않았다.

방립사내에게서 느껴지는 모호한 기도가 자객 특유의 불안감을 증폭시키고 있었기 때문이다. 그나마 수장의 개입으로 어느 정도는 누그러졌다.

독고설은 고개를 갸웃거리며 물었다.

"진짜 서른 명인가요?"

"그렇소."

백운회는 짤막하게 대꾸하고 천류영에게 시선을 옮겼다.

"천천히 싸우더라도 닌자는 빨리 정리하는 게 낫겠다."

천류영이 고개를 끄덕이며 동의했다.

"그게 낫겠네요. 검봉과 제가 미력하나마……."

백운회가 고개를 저으며 말을 끊었다.

"아니, 보기 드문 특급 살수들이야. 괜한 모험을 할 필요는 없어."

"형님 혼자서 하시게요?"

"그게 편해."

독고설이 입술을 꾹 깨물고 망설였다.

자신도 천마검과 함께 들어가 자객들을 상대하고 싶었다. 그리고 나름 잘할 자신도 있었다.

왜냐하면 면밀히 기감을 확장해 보니 안마당을 휘감고 있는 기의 독특한 흐름이 느껴졌기 때문이었다.

자신의 능력으로 서른 곳을 모두 짚어 낼 수는 없었지만 기의 흐름이 자연스럽지 않은 십여 곳들이 있었다.

독고설은 그곳에 닌자들이 매복하고 있다고 확신했다. 그렇기에 더더욱 확인해 보고 싶었지만 이내 마음을 접었다.

호승심으로 천류영과 떨어졌다가 천추의 한을 남길 수도 있기에.

그녀는 천마검을 보며 조심스럽게 말했다.

"미안해요. 도와드려야 하는데……."

백운회가 피식 웃었다. 항주에서는 천류영뿐만 아니라 검봉과도 부쩍 가까워진 느낌이 들었다.

"괜찮소. 나에겐 별로 어려운 일이 아니니까."

"상황을 봐서 적당한 때 들어가 도울게요."

"글쎄."

그가 묘한 의미로 대꾸하고는 뒤돌아 문턱을 넘어섰다.

그리고 그의 발이 바닥을 거칠게 쳤다.

콰아아앙.

진각(震脚)이다!

백운회의 앞부터 시작해 바닥이 마치 파도처럼 출렁이며 앞으로 나아갔다. 거대한 기의 폭풍이 앞마당을 쓸었다.

백운회는 그렇게 진각을 여러 번 연속으로 굴렀다.

콰아앙, 콰아앙, 쾅쾅쾅콰아아앙!

바닥의 돌들이 쩍쩍 깨져 나가며 사방으로 비산했다.

뒤에 있던 독고설이 눈을 치켜뜨며 기함했다.

절정 고수가 진각을 펼치는 것을 본 적은 있었다. 그러나 한 번이 아니라 이렇게 몇 번을 연속으로 펼치는 것은 처음 보았다. 진각이라는 것 자체가 내공을 어마어마하게 잡아먹기 때문이었다.

"으아아악!"

"커어어억!"

"미, 미친!"

어두운 바닥에 녹아 들어가 있던 닌자들이 비명을 지르며 허공으로 도약했다. 하지만 그들은 연이은 진각의 폭풍에 휘말려 목숨을 잃었다.

차라리 숨어 있지 않았다면 공력을 끌어 올려 스스로의 몸을 보호할 수 있었을 것이다. 그러나 작은 기의 흐름도

차단하고 죽은 듯이 있었던 것이 돌이킬 수 없는 화를 초래했다.

그리고 무엇보다, 백운회의 진각이 상상을 초월할 만큼 강력했다.

콰콰콰콰콰아아아!

넓은 안마당이 쩍쩍 갈라지며 연이어 출렁거렸다. 사방으로 깨진 돌이 암기가 되어 비산했다. 돌가루와 흙먼지가 치솟았다. 그 폭풍 속에서 닌자들이 속절없이 죽어 나갔다.

곳곳에서 공기가 응축됐다가 팽창하며 돌개바람이 생겨났다.

백운회는 그 와중에 거침없이 달렸다.

마치 바람처럼, 아니, 벼락처럼!

그의 신형이 사라지는 듯하더니 어느새 하나의 나무 앞에 나타났다. 그리고 그의 칼이 굵은 가지 하나를 베었다.

"끄아아악!"

아름드리나무에 숨어 있던 닌자가 단말마와 함께 쓰러졌다. 그리고 근처의 담벼락에 백운회의 칼이 뻗어 들어갔다.

돌로 만들어진 담벼락인데 백운회의 손에 파육감이 전달됐다.

푸욱!

그리고 비명.

"컥!"

비명이 터지는 순간 백운회의 신형은 그 자리에서 사라졌다. 그리고 그가 나타난 곳에서 다시 비명이 일었다.

그렇게 백운회는 찰나의 순간에 종횡무진한 후, 안마당의 가운데에 섰다.

엉망이 되어 버린 마당에 닌자의 시신이 사방에 널브러졌다. 그리고 겨우 살아남은 다섯 명의 닌자가 모습을 드러내며 신형을 부르르 떨었다.

팔층의 창을 통해 보고 있던 노다케는 충격에 빠져 아무 말도 하지 못했다. 숨이 턱하니 막혔다.

전장의 폭풍검이라 불렸던 겐죠 총대장님도 저런 모습을 보여 준 적은 없었다.

세상에 이런 괴물이 존재할 수 있다니!

"설마…… 겐죠 님보다 강한 건 아니겠지?"

그의 중얼거림이 창을 타고 들어오는 바람에 흩어졌다. 노다케는 진심으로 방립을 쓴 괴물이, 뒤는 생각하지 않고 모든 내공을 한 번에 폭발시킨 것이라 믿고 싶었다.

천류영은 눈을 동그랗게 뜨고 환호성을 지르며, 독고설은 입술을 질겅질겅 깨물며 백운회에게 다가갔다. 천류영이 엄지를 추켜세웠다.

"단언하건대 형님이 천하제일인입니다!"

그의 말에 백운회가 피식 웃으며 말을 받았다.

"천하제일 앞에 고금(古今)을 붙여라."

"옛, 고금천하제일인입니다. 하하하."

독고설이 분하다는 표정으로 입을 열었다.

"저도 더, 계속해서 강해질 거예요!"

"검봉, 당신은 지금도 충분히 강하오."

진심이었다.

이제 스물둘에 불과했다.

고금을 통틀어 스물두 살의 여인에, 검봉만 한 경지에 오른 이가 과연 몇 명이나 있을까?

백운회는 당금 무림에서 검봉이 또래 중 최고 수준이라는 느낌을 받았다. 정파와 사파, 그리고 마교를 통틀어도.

항주루에서 잠깐 함께 싸운 것뿐이지만 그렇게 검봉의 검술은 놀랍게 다가왔다.

그 나이에 검을 그렇게 쓸 수 있다니.

그런데 흥미로운 건, 검봉은 아직 제 스스로의 무위를 정확하게 깨닫지 못하고 있다는 것이다.

그건 아마 최근에 비약적으로 발전해 확인할 기회가 없었거나, 그걸 확인할 만한 강자와 붙어 본 적이 없어서일 것이다.

'아! 한 명은 예외군.'

풍문으로 들은 한 명이 문뜩 떠올랐다.

사천의 영웅들에 속한 천재 검사. 풍운.

그러고 보니 그 청년이 왜 천류영 곁에 없는 걸까?

꽤나 돈독한 사이라고 들었는데 말이다.

꼭 한 번 그의 무위를 확인해 보고 싶었는데…….

한편 닌자 수장은 자식 같은 수하들이 스물다섯이나 한 순간에 목숨을 잃은 것에 망연자실했다. 너무 압도적인 실력이라 복수심조차 들지 않았다.

방립을 쓴 사내.

겐죠 총대장님만큼이나 엄청난, 상식이란 수준에서 훌쩍 벗어난 고수였다.

절대고수!

이자를 자신들이 상대한다는 건 불가능했다. 승산이 전무했다.

닌자 수장은 고개를 돌려 대일각의 팔층을 보았다.

노다케 벌주와 눈이 마주쳤다.

그리고 둘의 뜻이 통했다. 총공격으로 몰아붙이면서 닌자들이 허점을 노릴 수밖에 없었다. 물론 그것도 어렵겠지만 해 보는 데까지는 해 봐야 했다.

노다케는 창밖으로 뛰어나와 칠층의 처마 위에서 고함쳤다.

"모두 나와 공격하라! 우리의 목숨을 던져 저놈들도 저승에 데리고 가자!"

최후의 방법인 자살 공격이다.

그의 명과 함께 전각의 문들이 활짝 열리며 왜인들이 쏟아져 나왔다.

그것을 본 백운회가 천류영에게 물었다.

"주작단을 얼마나 더 기다릴 생각이지?"

"일각만 더 기다려 보죠."

"좋아. 나야 상관없으니까. 그럼 그때까지는 방어 위주인가? 어쨌든 너에겐 또 다른 재미있는 실전 수련이 되겠군."

"ㅎㅎㅎ, 그렇죠."

"저놈들, 목숨을 버렸다. 함께 죽을 생각이야. 그러니 꽤나 치열해야 할 거다."

"예."

어느새 셋은 일백의 왜인들에게 포위되어 있었다.

그러나 그들은 쉽게 공격하지 못했다. 제아무리 죽을 각오라 해도, 전각 안에서 백운회를 보며 느꼈던 공포와 전율이 완전히 가신 건 아니었기에.

일층의 처마까지 내려온 노다케가 명을 내렸다.

"쳐라!"

"와아아아!"

함성이 일며 천류영 일행을 둘러싼 왜인들 중 고수들이 앞장섰다. 그런데 특이하게도 그 대부분이 백운회가 아닌 천류영과 독고설을 향했다.

그에 천류영과 독고설이 서로를 마주 보고는 쓴웃음을

머금었다.

독고설이 두 발 앞으로 나섰다. 그리고 그녀의 이 보 뒤 좌측으로 천류영이 섰다.

차아아아앙.

독고설은 왜인의 공격을 튕겨 내며 거침없이 칼을 휘둘렀다. 그녀의 좌측 사선 뒤에서 천류영이 다가오는 검을 차분하게 그러나 정확하게 튕겨 냈다.

그로 인해 독고설의 공격은 더욱 날카롭고 과감해졌다.

쩡쩡. 슈가가각!

"으아아악!"

그녀의 칼에 왜인이 비명과 함께 쓰러졌다. 백운회는 한 번의 칼짓으로 검기를 뿌려 왜인을 물리치고는 독고설을 종종 보았다.

그의 입가에 미소가 어렸다.

조금만 다듬어 주면 그녀는 무서운 고수로 성장할 것이다. 천류영과 찰싹 붙어 있을 그녀가 강해진다면, 그만큼 천류영이 살 확률도 높아지는 법.

백운회는 자신이 이틀에서 사흘 정도 더 머무르는 동안 천류영의 싸움을 도우며 그의 호위인 독고설의 무공을 조금 봐줘야겠다는 생각을 했다. 물론 천류영과 그녀의 합격술도.

쩡쩡, 쇄애애액! 푸욱.

천류영의 찌르기가 왜인의 목젖에 꽂혔다. 그것을 보며 백운회는 나직이 감탄했다.

천류영의 찌르기는 항상 적의 급소를 찍었다. 허투루 빗나가는 적이 없었다. 저건 타고난다고 되는 것도 아니고, 노력만으로도 불가능했다.

'정말 일 년 동안 무공에 미쳤었구나.'

책사만으로도 충분하다 못해 넘치는 녀석이었지만 나쁘지 않았다. 무공이 강해지면 불시의 기습에서도 살아남을 수 있을 테니까.

아무리 호위가 옆에 붙어 있어도 분명 떨어져 있는 순간은 있는 법이니까.

천류영의 성장이 기꺼웠다.

어차피…… 훗날, 천류영은 자신의 곁에 있을 테니까.

서언과 주작단이 대일전장 가까이 다다랐다.

십여 장 떨어져 있는 대일전장 안에서는 거친 고함과 욕설, 그리고 칼소리들이 흘러나왔다.

서언은 고개를 돌려 주작단원들을 향해 말했다.

"전원 안으로 들어가 공격한다."

구철우가 씩 웃으며 말을 받았다.

"분타주님께서 그런 명을 내리셨습니까?"

서언이 화답했다.

"내렸다. 내가 외면했을 뿐."

그 말을 끝으로 서언이 앞장서 달렸다. 그러자 주작단원들도 함성을 지르며 뛰었다.

서언은 백운회가 부순 정문으로 뛰어들었다.

슈각!

문가에 숨어 있던 왜인이 서언을 기습했다. 그러나 서언은 가볍게 몸을 틀어 칼을 흘리고는 단칼에 놈의 목을 베었다.

서걱!

서언의 눈이 빛났다.

분타주께서 많은 적들에 포위되어 싸우고 계시다. 그리고 그분께서 피투성이다.

심장이 터질 것 같았다.

닫았던 마음을 어렵게 열었다.

그런데 채 꽃도 피우지 못하고 저분이 쓰러진다면? 그리된다면 내 자신의 역사는 부끄러움으로 점철되리라!

그는 있는 내공을 가득 끌어 올리며 무섭게 전진했다.

쇄애애액. 쩡쩡쩡. 슈가가각.

그의 칼이 현란하게 춤췄다. 이리 심장이 미치게 뛸 정도로 검을 휘두른 것이 언제였던가?

그저 명에 따라 기계적으로 움직였던 십수 년의 세월이다. 그러나 지금은 달랐다. 마음으로 싸운다. 그 뜨거운 진심이 칼에 열기를 담았다.

서언 주작단주.

그는 다시 청년 시절로 돌아가 있었다.

"으아아악!"

"커흑!"

서언의 앞을 막은 왜인들이 추풍낙엽처럼 떨어져 나갔다. 담벼락을 넘은 주작단원들이 단주에 뒤질세라 폭주했다.

"공격하라!"

"모조리 쓸어버려라!"

"분타주님을 구하라!"

마치 항주루에서 멍하니 서 있었던 것을 보상받아야겠다는 듯이 그들은 왜구들을 베고 짓밟았다.

그리고 마침내 서언은 예닐곱의 왜인을 삽시간에 해치우고 천류영 앞에 다다랐다.

"분타주님. 괜찮으십니까?"

천류영이 담담하게 답했다.

"제 피가 아니라 왜놈들 핍니다."

서언은 안도하며 미소 지었다. 그러자 천류영이 귀밑머리를 긁적이며 말했다.

"제 명은 대기하라는 것이었는데……."

불만스럽게 말했지만 얼굴은 웃고 있었다. 서언도 환한 낯빛으로 답했다.

"이제 거짓 명은 듣지 않겠습니다."

"거짓 명이라……."

"허울뿐인 명령 뒤에 숨지 않겠습니다. 진심으로 명을 받잡고 목숨을 걸고 나아가 싸우겠습니다. 저에게 기회를 주십시오!"

독고설이 미소를 지으며 앞으로 나섰다. 두 사람이 짧게나마 허심탄회하게 대화하라고.

그녀 옆으로 구철우 부단주가, 그리고 주작단원들이 속속 합류했다. 그리고 다른 주작단원들도 거세게 왜인들을 몰아붙였다.

백운회 역시 방어만 하던 것에서 공격으로 전환했다.

백운회와 주작단이 그렇게 움직이자 왜인들이 급속도로 무너져 내렸다. 사방에서 비명이 터져 나왔다.

상황에 아랑곳하지 않고 천류영은 서언을 직시하며 물었다.

"많은 유혹이 있을 겁니다. 평소 단주님이라면 받지 않을 사적인 명도 내릴 겁니다. 그래도 저를 믿고 따라와 주시겠습니까?"

서언이 찰나 움찔했다가 진득한 미소를 머금었다. 그리고 한쪽 무릎을 꿇으며 부복해 외쳤다.

"충(忠)! 지옥이라도 따라가겠습니다!"

주작단.

천류영이 그리는 다음 전투에서의 마지막 조각이 맞춰졌다.

독고설뿐만 아니라 백운회마저 흐뭇한 표정으로 미소를 머금었다. 구철우도 결연한 눈빛으로 소리 없이 웃었다.

그런데…… 정작 가장 반겨야 할 천류영은 서늘한 낯빛으로 서언에게 말했다. 그건 마치 중요한 말을 하려는 표정 같았다.

"좋습니다. 그럼 진심으로 제 사람이 되었으니 마음 놓고, 단주님을 믿고 첫 번째 명을 내리겠습니다."

서언이 무슨 명인지 짐작 간다는 얼굴로 고개를 끄덕였다.

"예, 남은 왜놈들을 주작단이 모조리 쓸어버리겠습니다. 분타주님께서는 이제 물러나 쉬셔도……."

천류영이 고개를 저으며 서언의 말허리를 끊었다.

"아뇨. 그게 아닙니다."

"예? 그럼?"

"주작단은 대일전장에서 나가세요. 항주루에서처럼 싸움이 끝날 때까지 대기합니다. 이게 제 첫 번째 명입니다."

"……!"

서언 단주, 구철우 부단주, 그리고 주변에 있던 주작단원들이 기함했다. 독고설도 자신의 귀를 의심했다.

어렵게 돌고 돌아 하나가 됐는데 지금 대체 무슨 명을

내리는 건가?

물론 싸움은 빠르게 마무리되어 가고 있었다. 지금 주작단이 빠져도 하등의 문제는 없었다. 하지만 왜 지금 이런 명을 내린단 말인가?

모두가 불신의 표정을 지었다.

천마검 백운회만 빼고.

백운회는 숨을 들이켜며 충격에 빠진 표정을 지었다.

그는 힘껏 칼을 휘둘러 자신의 전면에 있던 왜인 다섯을 단숨에 도륙했다. 그리고 왜놈의 가장 후위에 서 있는 노다케라 불리는 수장을 잠깐 보았다.

그의 신형에서 독특한 기운이 흘러나오고 있었기 때문이었다.

하지만 이내 고개를 돌려 천류영을 보며 중얼거렸다.

"천류영, 이 괴물 같은 녀석, 또 다른 꿍꿍이까지 있을 줄은⋯⋯."

어찌나 놀랐는지 백운회는 혼잣말도 제대로 끝맺지 못했다.

서언이 천류영을 향해 물었다.

"지, 지금 무슨 말씀을 하시는 건지 모르겠습니다."

천류영이 빙그레 웃었다.

"다른 동료들이 오기 전에 빨리, 이 싸움에서도 빠지시란 말입니다."

"……."

"그래야 저와 단주님 간에 불화설이 돌지 않겠습니까?"

서언이 고개를 갸웃거리며 반문했다.

"큰 싸움이 코앞에 있습니다. 똘똘 뭉쳐 합심한다는 소문이 나도 모자랄 판에 대체 왜?"

천류영의 듣기 좋은 중저음이 허공을 달렸다.

"저와 주작단의 인연은 짧습니다. 거기에 불화설까지 나돌면…… 뇌옥에 있는 서문창이 단주님께 접근할 겁니다."

"……!"

"저는 서문창과 그 추종 세력을 제대로 이용해 먹을 생각이거든요. 그 쓰레기들이 놀고먹는 것을 구경만 할 수는 없지 않습니까?"

"……."

"그들을 농락하는 중심에 주작단이 서게 될 겁니다."

백운회와 독고설, 그리고 서언이 아연한 눈으로 천류영을 보았다.

〈『패왕의 별』 2부, 제13권에서 계속〉

www.bbulmedia.com

www.bbulmedia.com